阅美文

这一世花开

李萍 著

西苑出版社
XIYUAN PUBLISHING HOUSE

图书在版编目（CIP）数据

这一世花开 / 李萍著. — 北京 ：西苑出版社，2018. 4

ISBN 978-7-5151-0653-3

Ⅰ. ①这…　Ⅱ. ①李…　Ⅲ. ①散文集—中国—当代　Ⅳ. ①I267

中国版本图书馆 CIP 数据核字（2018）第 070511 号

这一世花开　ZHE YI SHI HUA KAI

出 品 人　赵　晖

责任编辑　康志刚　曹亚楠

责任印制　陈爱华

责任校对　刘　娟

书装设计　徐慧芳

出版发行　西苑出版社 XIYUAN PUBLISHING HOUSE

通讯地址　北京市朝阳区和平街 11 区 37 号楼　邮政编码：100013

电　　话　010 -88636419　传真：010 -84281520

E -mail：xiyuanpub@163. com

印　　刷　北京文昌阁彩色印刷有限责任公司

经　　销　全国新华书店

开　　本　880 ×1230 毫米　1/32

字　　数　170 千字

印　　张　6. 75

版　　次　2018 年 4 月第 1 版

印　　次　2018 年 4 月第 1 次印刷

书　　号　ISBN 978-7-5151-0653-3

定　　价　49. 80 元

（凡西苑版图书如有缺漏页、残破等质量问题，本社邮购部负责调换）

目　录

第一辑　我的乡愁总与月光有关

第二辑　游走四方

第三辑　高原上的剪影

第四辑　临夏：五彩缤纷的唯美，沉湎一片落叶

第五辑　我在九街等你

第一辑

我的乡愁总与月光有关

期待一场精神的大雪覆盖我

秋冬时节，似乎就该修建宅院，翻修也好，新建也罢。村庄不似城里，只要不停工，一直可以叮叮当当、不舍昼夜地忙碌。

在大地没有封冻之前，村里人都忙着修缮。一年的积蓄，如果不花在修建宅院上，似乎就是一件可耻的事情，会被耻笑、会被当作茶余饭后的谈资，一直被讨论。

小洋楼也好，大宅院也罢，尽自己所能，钢筋水泥的、原木的，依着个人本事，团出自己的天地。

苍茫中，婚丧嫁娶的礼炮，响彻村庄上空，连鸦雀都感到茫然。喜鹊也一反常态地在有白事人家的院墙上无所顾忌地嘎嘎喊叫。村里人似乎一下子变得宽容了，不在乎也不理会喜鹊的叫声。

一年四季在地里奔忙，好不容易在冬日闲了那么几天，还要忙活亲戚朋友邻里的红白喜事，谁还有闲心在乎鸦雀的叫唤是否吉利。

乡下对宅院的修建令人感到惊讶，除了土炕和灶房的锅灶，还有厕所保留了传统又原始的样貌之外，一切都变了。洗澡间和太阳能热水器，与城里人的客厅一模一样摆设的堂屋，没有炕，只有床。到哪里去找寻曾经的堂屋，它被厢房替代了。只有踏进厢房，一盘土炕，两床被子，两对枕头，安分守己地叠放在炕角，很周正。一床小点的薄被铺开着，伸手一摸，暖烘烘地，不由分说脱鞋上炕。在炕上出生的人，永远贪恋土炕的温热。

循规蹈矩的日子被打破了，早饭不再是睁眼后就该做的，早饭早就不叫早饭了，叫早点。一杯茶，一块馍馍，或者剩菜一热，简简单单就打发了。

电磁炉、电饭煲使用得顺当，除非有事干，或是过年炸馍馍、炸馓子、蒸花卷，才大动干戈地在灶膛烧柴火，锅灶一直是摆设。

日子似乎少了烟熏火燎。城里人向往的土炕，在村子里有点不合时宜。

简单的早点，不端碗似乎不过瘾，少了点什么。可时日一长也就习惯了。怎么不习惯呢？除了几亩薄田，收入全凭打工。打工就在城里，不接受城里的饮食文化，怎么可能坚持不懈地完成一年外出的使命，把钱赚回家呢？

适应多么难得？适应得理所应当，适应得面不改色。

注目那些适应，心在隐隐作痛。当村庄遗失一些美好的回忆时，我也在遗失自己。因为我只是借住在城里的乡下人，我的根在乡下，在一个小山村。

如果不是，为何父母在县城上班，而我会出生在乡下。从呱呱坠地的那分那秒开始，我的骨血里就流淌着乡村的血液，这么多年过去，没有被城市融化，相反，越来越清晰了。

日子总要打发。

是否平淡，是否简单，都隐晦在生活的柴米油盐里，谁都不会在意。

当所有人都追求简单、平凡的日子时，骨子里却有着不平凡、不简单。每日的奔忙，有谁可以直言不讳地说，日子过得平淡、简单就是福？有谁敢在暗自的较劲中快言快语说要的是平凡？

所有的简单隐藏在轰轰烈烈的不简单中呢。

我的想法和做法也令我沮丧，甚至感到羞愧。

当我信誓旦旦地在字里行间表述简单的生活时，我是为了不简单，为了更多的不简单而努力。有几人不是与我一样呢？想必都一样的，只是不敢正视自己罢了。

有时候，我为自己的想法和做法感到不可思议，很矛盾，然而又在矛盾中一直前行。

世俗的东西掩盖了一些我原有的纯真，但我还是朴素的，有一些纯真的，没有失却乡下人最本真的东西。

父亲长眠在村庄外的那块地里，和他的父辈们守望着巴掌大的麦田，守望着巴掌大的天空。尽管他在世时几乎走遍了山山水水，看过很多景致，除了飞船火箭，他乘坐了爷爷们想都不敢想的交通工具。飞在天上，游在水里，跑在铁轨上，他生命中的遇见很多，可是最终，他还是回到了那个小村庄，在巴掌大的地块安放自己。

我与那个小村庄的联系渗在骨血里，尽管我没有出生在那里，可是我那般地热爱那里。

当然还有一个村庄，我出生的村庄。我姥姥如母亲一样把我带大的情怀，让我不可遏制地想念那个村庄。

所以，我很荒谬，我会吃罢馓饭后喝咖啡，我会在田埂上听音乐翻书，我的所作所为与乡村似乎格格不入，与我的身份一点也不搭调。我在我行我素地生活。

村庄很大度，接纳我没有任何理由。不管是因为父亲还是因为姥姥，除了那些崭新的小洋楼和小轿车扎眼地显现外，那份久违的感觉一直存在，而且存在得毫无理由。

我更怀念雪落的村庄，更喜欢下雨的村庄。

瓦楞上的雪意，在一个晴空后，顺着瓦檐滴滴答答，响出一个令人心痒的空间。由不得自己，会像儿时一样伸手去接那些水珠、会做着切割的动作，任手掌来回又来回。水珠溅落在脸上，眨眨眼，凉意穿过肌肤，就连额头都渗出一丝寒意。

我的样子像极了孩子。其实，在村庄面前，我就是孩子，长不大的孩子。只是走得远了点，有时忘记了及时回去看看。

那个黑不溜秋的茶壶，应该叫 pia 子，当地人的发音，我不知道怎样去写那个字。中华文化的璀璨，汉字的博大精深，显现在生活里。一样的炊具，叫法不一。

有些物件演变的过程中，其功能没有改变，改变的只是形状，犹如把旗袍改成连衣裙。

不知道灵魂是否变了，我想我的灵魂应该没有变，否则走得再远，一根丝线还是会拽着、扯着，拉长又收回。那分明是一根脐带，思想的存活，灵魂的呼吸，都在村庄。

我曾经很大胆，不怕死，因为几次煤烟中毒而侥幸存活，一直依赖那句“大难不死必有后福”的至理名言，所以死亡与我似乎毫不相干。

可是今天，我万分怕死，身体稍有不适，就跑医院看医生，唯恐猝死在某个暗夜。

究其原因，我也很茫然。于是，越来越喜欢村庄。人还没有老到要怀旧的年龄，却无端地怀念乡下的事物、村庄的一切，不是变老又是什么呢?

人世间的爱恨情仇就是这样毫无道理，却又有棱有角有礼有节，细究，还是藕断丝连的。

藕断丝连得很精妙，乃至变得有些脆弱。那些与我毫无瓜葛的人的死亡，居然引起我的叹息。

清晨偶尔遇见送葬的车马，那挽歌哀乐徐徐，在喷着黑烟的客货车后，一串串纸钱撒在马路上。人立刻变得无比宽容，没有人指责不爱护环境乱丢乱扔。

我的眼圈会发红，为着陌生人，为着不相干的人。

如此面对死亡，我感到害怕，一万次地想象自己死后的样子，一样的仪式，一样的程序，一样亲人们的哀哭，一样被陌生人旁观，而后入土或是化作烟尘，飘飘荡荡在天地间。

如果那样的话，我还宁愿选择巴掌大的地方供灵魂安歇。不管有无轮回，美好愿景还是潜隐着的。

只是不知道，那些越来越荒芜的麦地，是否会被珍视。曾经相依为命的麦田，被抛弃，谁在疼痛？谁在不舍？谁在失去？

我很吝啬，不愿丢弃村庄，也不愿丢弃任何人，相反更贪恋一切。

大概，我就是与生俱来的乡下人，遇见那些啃着馍馍、提着一个大水瓶的人，我会鼻头发酸，不管那人是男是女，不管我相识与否，我都会心疼。他们在城市街头的出现，似乎不合常理，是卑微还是勇敢，我不知道。

我只知道，他们回到村庄，回到家的待遇，那是至高无上的。那盘土炕，那个家中的所有生命体都属于他们。蓝天白云，碧水绿树，晨风鸟鸣，花花草草，天地间的精灵，由着他们挥霍。

还没到死亡的年龄，想到死，有些匪夷所思，可事实如此。

有谁能够拒绝死亡？有谁能回避死亡？

从乡村来到乡村去，或许就是我最后的归宿，至少目前是灵魂的归宿，少的只是活着的躯体。

所以，隐痛一直隐藏着，隐藏得一点也不显山露水，当我发觉后，我感到了一丝忧伤，那抹忧伤足以致命，足以令我的曾经毫无血色，抑或纷纷扬扬，犹如一场大雪。

于是，我期待一场精神的大雪覆盖我，还有我的村庄，骨血渗透的村庄……

日子在滴酒之间穿行

童年时，喝过乡下麦子发酵的酒，姥姥们叫黄酒。与市面上大米发酵的不是一回事，是小麦的。乡下的黄酒，做来简单，家家户户都会在麦黄时节，酿上一缸。

缸不大，能盛四五个暖瓶的水。几碗麦子，煮熟，晾温热后，拌上酒酿曲，搅拌均匀，包好，放在热处，两三天后，揭开，那些麦粒彼此黏糊着，我也用食指捏起一小撮，放在舌尖，一股酸酸甜甜的的香味，入了胃囊。若酒酿曲放少了，有股酢味，我会将那几粒麦子吐出来，姥姥则不然，全都咽下。

有时候，我会偷偷揭掉包裹物，瞅瞅。我哪里知道，在那几天里是不许打开的，打开味道就不好了。有那么几次，因为我们的偷偷翻看，甜醅做得不好，最后都给鸡当调味品了。

甜醅做黄酒之前，我们会吃上一碗，到最后，大家都不喜欢吃了，于是姥姥会在小提缸里倒上温开水，一天搅一次，两三天，那小提缸就散发出酒味。

姥姥喜欢喝，表哥喜欢喝，表嫂也会喝上一碗，其实，农人都喜欢喝。从麦场或是麦田里回家，不洗手，先跑去舀上一碗，咕咚咕咚喝下，发一声舒服的感叹，间或来一个长尾音饱嗝，整个人似乎精神了，疲乏立马解了一般。尽管手上满是土，还会来第二碗，之后才会洗手，才会歇息。

尤其在碾场那天，村里帮衬的人都来了。一碗自制的黄酒，比起那些烧酒，似乎更对味，两三碗也不会醉，但提神解乏。

一提缸提到麦场上，两个碗，一个在男人们的掌中流转，满一碗；一个在女人们手里转圈，半碗。那时刻，谁也不嫌弃谁，喝得痛快，喝得舒心。

我也是会喝一碗的，到后来就不喜欢那味道，可童年对酒的味道一直铭刻于心。

长大了，可以饮酒了，但不敢放开喝了。儿时受姥姥的影响，说丫头醉酒不好，顾不住自己，会吃亏。我不知道会吃什么亏，但牢牢记住了姥姥的话，一直以来，我是不饮酒的。一杯啤酒下肚，几乎醉得不省人事，坐在人家沙发上闭眼像死人一样难受了半小时。这样的经历之后，内心突然排斥喝酒。所以我滴酒不沾，别说酒，就是喝点醪糟，身体也唱对台戏，脸发红，心跳加速，双眼冒火，一张口，满嘴酒气，活脱脱一只大红鸡冠的母鸡。一直如此，一直到结婚，一直到现在。

记得有次，婆婆做的醪糟，红红的枸杞，浅黄的蛋花，莹白的米粒，还有颗颗绿葡萄，葡萄是罐头那种，看着就馋，经不起撺掇，也就大快朵颐，喝了两碗。

两碗下肚，半小时就微有醉意，气息宛如老牛，呼哧呼哧，脸真成了关公，自己都闻得出的酒气，对镜审视，双眼发红。迈步还轻飘飘的，如踩在棉花上一般。

忽然想哭，但忍住了。

婆婆说醉了，喝点水，去睡一会。我顺从，把软绵绵的身体，扔在床上，没有思想，稀里糊涂也就睡着了。一觉醒来，头疼。婆婆说我喝不得酒，我嘿然一笑，点头答应。

因为写点文字，会参加一些笔会或是采风活动，当然少不了饮酒，作诗，朗诵，我总是以茶代酒，但沉湎于那种氛围，甚或喜欢饮酒时无拘无束的氛围。

于是，我会恼怒自己怎么就滴酒不能沾呢？古人会把酒对歌，会把酒对桑麻，然后诗兴大发，灵感喷薄而至。书法家也挥毫泼墨，飘逸，狂妄，洒脱，皆在横撇竖捺中。

当下，亦不例外，一些文人墨客，酒过三巡，宣纸铺陈，人处于癫狂状态，即兴创作，饶有兴趣。作品也呈现出非凡之感，摒弃了杂念，抛却了思虑，字里行间，吟咏的瞬间，美不言而喻。

每每那时，我除了羡慕还是羡慕，因为假想自己酒后的醉态，是否也是这般。

最近的一次所谓的喝酒，是与新疆喀纳斯景区老村的蒙古族图瓦人梅花一起。那次是她们一个部落的敖包节，在一块草坡上，除了我是异乡人，部落的男女老少齐聚，祈福仪式之后，男人分开，三五一堆，共享各自从家里带去的酸奶疙瘩、酸奶酒、奶茶、羊肉等，就跟我们与伙伴们的郊游一样，只是没有祈福和赛马等民俗活动。

湛蓝的天，绿绿的草坡，身着民族服装和汉服的图瓦人，饮酒唱歌，和谐之美，令人心醉。

呼麦表演，摔跤，在一一展开。此时，梅花倒给我一小碗水，看着清凌凌的，不是奶茶又不是水，所以婉拒。梅花说那是酸奶酒，敖包节上的酸奶酒，是经过活佛诵经的，喝了驱病禳灾，一切都好。梅花用有点蹩脚的普通话解释，加之围坐在一起的一些女人也极力劝我喝掉那一碗。于是，我盛情难却，为了梅花，为了她的美好祝愿，为了她的部落的祝福，我接过碗，闭着眼睛，一饮而尽。

与我小时候喝的黄酒不一样，淡淡的佐味，还是不好喝。

喝了那一碗，我学着她们的样子，用手背擦擦嘴，其实小时候就是那样的。火烧火燎的酒劲，片刻就上来，脸也红了，心也跳得如同他们摔跤时的呐喊助威声，呼吸也急促了。她们说无妨，酸奶酒，是用酸奶做的酒，一会就过去了，还说对胃好。

我强忍着酒劲，有些飘飘然，感受着图瓦人的敖包节，满心的欢喜。我想放声歌唱，想站到呼麦表演者中间，来一句狂野的歌词，但我按捺住了冲动。

乌云来了，绿布一样的草坡也蒙上淡淡的影，一会儿，雨来了，躲雨的挪移间，我的酒劲过去了，算是醉了一回。

其实，每个民族都有各自的饮酒习俗，我们大西北的农村，最直接的就是酒后唱点秧歌曲，尤其是小唱，《张良卖布》《苏武牧羊》《正月里是新春》等，我最为熟悉的就是《正月里是新春》。

“正月里是新春呀啊，青草芽儿往上升啊……”

有事无事，即便不是正月，我也会哼哼。闻者以为我心已老，其实不然。即使在盛夏，一片浓绿之外，青草芽给人的快感和喜悦，无须言语。

酒逢知己千杯少。酒饮了不少，话亦多。再沉默寡言的人，一杯下肚，知心话扑扑地冒。于是乎，但凡知己，定与美酒有关。

早些年，小村人家一般都喝小作坊的散酒，瓶装酒对他们而言太奢侈，至于红酒，想都没想过。别说他们没想过，我都知之甚少。

身处西北高地一隅，想要在葡萄园里游走，是异想天开。

尽管庭院深处总有那么一帘葡萄架下的阴凉可供歇息，而葡萄庄园与小麦玉米压根搭不上调。当我在新疆的葡萄园里随意踱步，眼际掠过大片大片的葡萄田时，我的思绪依旧无法与酒搭界。

几年前，去南方采访间隙，一位台商在用餐时拿出一瓶红酒，说是意大利进口的，价格不菲。而我谢绝了一杯要花几百块钱的热情，以茶代酒谢过盛情。

我是多么的不解酒情，自我调侃也无济于事。

有时细想，透明的高脚杯，盛着颗颗葡萄的精魂，摇一摇，再闻闻，而后抿一口，抑或一饮而尽，优雅、高端、有品位，与红酒一般的激情洋溢周身，那日子才叫日子。

可是，一个人有一个人的活法，喜欢不等于爱，不饮酒不等于不喜酒。

烧菜做鱼时，料酒用完，也会用白酒作作料，让日子在滴酒之间穿行，感觉还是极好。

农人总会聚会，冬日闲余，或细雨霏霏之时，今天这家，明天那家，都是喝酒聊天。青稞酒，包谷酒，三两杯下肚，话匣子打开，说庄稼，说收成，说孩子，说着说着，国家大事也唠上几句……

日子就是如此，不管农人还是市井之人，与酒在骨髓里丝丝相连，滴酒之间，不管是小曲还是诗词，喷发的情感，不言而喻。

灶房故事

在娘家过元宵节，最怕的是早早起床，最喜欢的是晚上跳火堆。

正月里年还没有拜完，一眨眼就到了十五。我们大西北，城里人家似乎除了跳火堆，就是上街转悠，观灯。

记忆中的乡下，则是另一番光景。

十五这天早上，家家户户的主妇们早起，就在灶房忙碌——蒸包子。包子馅起初只有一种，油包子。因为把馍渣与葱末、油，拌之精盐、花椒粉，做成包子蒸熟后鼓鼓的，不像菜包用手一摸，就有瘪的感觉。

每次，再贪恋温热的炕，也会被姥姥赶下来催着去灶房。

站在院子里，如果没有下雪，冻手冻脚的，把双手缩在袖筒里，看到灶房顶上烟囱里冒着的白烟，心里特别踏实，也不知为何踏实。奇怪了好多年，如今去乡下，依然是那个感觉。

院子冷冷清清的，灶房那块却旋着热气，三两步跑到灶房门前，也不立即跨过门槛，而是双手依旧笼袖，靠着门框，向里看看，瞅一眼烧火的姥姥和捏包子的表嫂，皱着鼻头使劲吸两下，“嗯”的一声长音，才进灶房。

灶火很旺，一笼包子快要熟了。

我把双手聚到灶火前烤烤，搓两下，右臂搭在姥姥的腿上，等着包子出笼。

姥姥坐的小板凳有些低，我感觉吃力，但姥姥看去坐得很稳当，小脚间或把散在脚周围的碎草拢到一起，双手一举，扔进灶膛，一点也不浪费。如果我那样烧火的话，不是姥姥喊就是表嫂喊。

那时感觉大人们很怪，总担心我做不好。如今则不然，我成了大人，没有人教，也会唠叨儿子做不好一些简单的事。

姥姥和表嫂蒸的包子，用手捏捏，瓷实的感觉。

其实，做“老鼠”包子一点也不难，只是多了两道工序。一是在包子一侧剪出两只耳朵、一侧剪出一条短尾，二是在剪好的耳朵下方适中位置按上两粒花椒籽。一个形象的老鼠就爬在掌心了。活灵活现的，也真有贼眉鼠眼之感。

我也剪过包子的鼠耳朵，只是没有剪好，一大一小的，两只眼睛塞得倒还可以，蒸熟后没有掉，反而像镶嵌了的一样耐看。剪耳朵与剪尾巴，举着剪刀的方向不变，剪耳朵时抬高手腕，剪尾巴时则剪刀向上。

她们嫌我剪得不好，所以只让我负责把蒸熟的“老鼠”包子一对一对地放在指定的地方。

锅盖一揭，热气喷薄而出，每次我想凑近去看时，都被一把掀到一边，说蒸汽烫手呢。只见姥姥或者表嫂，一边吹气，一边左右手倒换着，对着笼里的包子，像数数一样，挨个用指端点点，而后才把蒸笼搬到案板头上。

那包子，暄腾腾的，看着眼馋，我几次伸手去摸，手背都挨了一下打。

包子也没有立即出笼，而是被她们一个一个用手指撩一下，稍稍挪一下位置，直到把笼里的包子一个不落地撩过后，才拾到空着的案板上。

而后轮到我上场了，将案板上的包子，一个碟子一对，先摆好，之后端出灶房，一一去放。

灶头上的由表嫂自己摆放，其他的，我一次端两碟，分别放置。先是堂屋八仙桌上一对，然后是左右的两个板柜上各一对，而后是院中花园正对着堂屋的墙头放一对，东西厢房的板柜上也放，还有大门道，最后是大门外。

只要是有板柜的房子里，十五的“老鼠”包子一定要摆放的，这是姥姥家雷打不动的惯例，即使姥姥过世好几年了，表嫂也是如法炮制，一点也没有偷懒。

放置时，一定要把“老鼠”包子的头朝外，绝对不能放反的。我做事毛毛躁躁，姥姥不放心，所以会转着看看我放对了没有。每次，我撇撇嘴，表示抗议，也对姥姥的查看不以为然。

约莫十分钟后，我又必须把每一碟包子转个方向，就是老鼠尾巴向外，头朝里，每一对必须都要那样转方向。

因为姥姥一再说，老鼠拉仓，一年满仓，十五的老鼠要拉仓，可不能漏下一对。还有更重要的一点，就是要看好，“老鼠”包子绝对不能被偷了，放出去的老鼠是朝自家拉仓的，所以包子绝对不能丢了，要看好，最后要一个不少地收到灶房的案板上。

我很纳闷，在姥姥家过了那么多个十五，“老鼠”包子被我看得牢牢的，从来也没有被偷过。偶尔听村里的媳妇们闲话，说谁家的“老鼠”包子被偷了一只，谁家的“老鼠”包子被偷了一对。

其实，即使被偷又有什么关系呢？或许不是被偷了，而是让流浪狗或是猫叼去了。

总之，年年如此。

光景好起来了，日子过得滋润，但十五的“老鼠”包子一定要捏，祖祖辈辈流传下来的习俗不能改变，期望中的老鼠一定要拉仓。

据我的理解，也据老人们的说法，老鼠过街人人喊打，一向与人势不两立的老鼠，只有正月十五似乎高高在上，被人青睐了，态度180度的转弯，用希望和隐喻，把包子做得有模有样，尤其是包子凉了以后，用手掂量，沉沉的，用手捏捏，很瓷实，仿佛麦田里沉甸甸的穗头攒在手中一样。

母亲也是如此，十五的“老鼠”包子也要做的，当然还是油包，方向也要转的。我的厨艺极差，十几年里，一次也没有做过，但对于十五做“老鼠”包子还是很热衷，且热衷在回忆里。

细想，也有意思也很形象的，热包子软乎乎的，就像放出去拉仓的老鼠，热腾腾的有劲，凉了之后瓷实，也像吃饱了的老鼠，鼓鼓地，犹如自家的粮仓！

细想，多么温暖。时光在老去，而不变的是记忆。

以自己的方式过十五，大概就是农人们的乐趣，也是像姥姥和表嫂一样的农家主妇们对田野持有的希望，对颗粒归仓最真实最真切的祝福……

刨出的幸福

夏收之后的庭院，一下子热闹了。一只母鸡，在院外低头，左一下，右一下，刨出一粒麦子，并不啄食，抬头咕咕咕几下叫嚷。

我似是不满，开始恶作剧，伸长双臂，嘘嘘几声驱赶。鸡们一点儿也不胆小，小乱几秒。只是挪几步，继续咕咕咕叫喊，最先发现麦粒的母鸡，抗议也无用，那粒金黄的麦子，早被眼尖又机灵的鸡下肚了。

在我的恶作剧下，母鸡们跑几步，挪几步，溜达不像溜达，觅食不像觅食，在叫嚷中转移目标。

院外有草籽，有虫子，还有散落的麦粒，鸡们的三餐很是丰富。

注目母鸡的刨食，我也双手伸展，学着刨的动作。不刨怎行呢？美味可是深藏不露的，需要动手出力，天上可不掉馅饼。

当我学着母鸡的模样，左蹦右跳时，姥姥的喊声从麦场传来。我一下回过神，收回双臂，折身回家取木锨。

待我举着木锨跑到麦场，免不了姥姥一顿埋怨，说等我半天了，拿个木锨磨磨蹭蹭的，是去买去了还是做去了？我吐一下舌头，没敢回话。

当我再度学着母鸡的样子，刨来刨去时，被姥姥看见，轻言道，学什么呢，人本来就跟鸡一样，刨食过日子。

我木然点头，并不解其意。

鸡们依然在刨，自个儿觅食，我除了偶尔撒些瘪麦粒给它们，并不特意伺候。童年，在鸡们的刨食里，在那些记忆中的夏天，飘过许多往事，不像今日，鸡们关在笼子里，掐架也失了几分威力。

不知从哪年开始，村子里的人都开始喂养鸡，都将鸡们圈在一个地方，不让它们自由来去，更不像当年，早上放出去，晚上不等找寻，鸡们准时回家，很少有丢失或是不归的事。

日子，不知是不是被我刨来刨去，光阴都被刨远了。

农人一生将心埋进泥土里，春耕秋收，日出而作，日落而息，有章有法，日子过得简单，其中的幸福冷暖自知。

姥姥生前所言，人是刨着吃的，跟鸡一样，在不停地刨来刨去，才会得到食物。我是牢记了那句话的，所以在不停地刨食中。其实，多少人不是那样的呢？又有几人被天上掉下的馅饼砸到呢？

工作，家庭，只有努力，方有收获。说白了，只有刨，才会盆满钵满，幸福自然也就被刨来了。

当然，有时难免失落，将美食刨给了别人，智者还有一失呢，何况像我这样的凡人呢？

洋芋蛋就着浆水面，简单的美食，不是人人所求，但求者居多。简单的幸福，谁人不爱呢？

夫君暂与儿子在小城，我在一地。周日至周四，下班归家，空荡荡充斥着每个角落。上夜班时，白日在家，无人对话，偶尔小声号几嗓，偶尔自言自语，其间的孤单自知。

儿子暑假，我如饕餮之人，喜不自禁。有儿子的一切，美不胜收。饭后，儿子挽臂，溜达夜市，或是三人一起漫步，其间的幸福，怎不沉醉？

休息日，儿子练毛笔字，我拉二胡，夫君翻书，各就各位，各取所需，各自幸福着，在幸福里浸泡幸福。

五味杂陈的日子，在我的生命里如花一样盛开。

碓　窝

乡下，家家户户都有碓窝，不管常用或是偶尔用用，更多时间里扣在干燥的角落，常常蒙尘。

我家也有，是从县城移居时，父亲置办的。用处多不多不说，也是家产之一，总是倒扣在屋外的角落里。

家里的碓窝，如西瓜般大，很沉。砸花椒的时候，从屋檐窗台下挪出来，扫去蛛网和尘土，翻过来，擦拭干净碓窝里的杂物，把碓磓放进去，做好准备。

乡下也是如此。

砸花椒时，大人们也不坐，蹲在碓窝边，右手拿磓，左手放花椒，砸几下，加点花椒。力气大的人砸起来，嘭、嘭、嘭，铿锵有力。若听起来绵软无力，哐，哐，哐，半天砸一下，让听到的人，做事也无力起来。

有时，我也会蹲在一旁，帮着添点花椒，或是看着，看着看着，兴趣上来了，会央求砸几下，也找找感觉。大人被我磨得无奈，只好应允。看着他们拿磓的轻松劲，我也用右手，轻轻一提碓磓，让它自然下落，不费力气。可是，碓磓一碰到碓窝沿口，却冒点火星，发出了一点硫黄味。我这才认真起来，双手握碓，使劲砸起来。花椒颗粒，在那嘭嘭哐哐声里，逐渐变成粉末。反反复复里，嘭嘭哐哐里，汗珠泌出来了，手心也被碓碓磨得发亮，腿也酸了，索性坐在地上，那架势，看似很卖力。

凡事看起来简单，砸花椒也一样，还好，一年里除了砸花椒等调味品外，还砸香豆草，用途不大，但没有不行。

调味品在过年前集中砸，多是花椒，家境好点的，还有草果、大香、姜和胡椒。生活殷实后，从集市买现成的，花椒和香豆草也一样，给那些外地人几块钱，在他们摊前一站，左看右瞧中，电闸一推，呜呜呜几下，立即成粉，再也不用费时费力了。

姥姥喜欢在馍馍里卷点香豆粉，除提味外，还看着好，所以她在自留地里撒几行香豆籽，等长到一尺左右，剪下来，晒干，在碓窝里砸成粉，滤好，用清油和食盐一搓，绿油油的，着实让人喜欢。

记忆里，最早用碓窝的怕是砸盐粒。那会，从集上的商店里称上一两斤盐粒，回家，在碓窝里嘭嘭几下，捣细，做饭时往锅里撒一点，或是秋后摘些芹菜叶子和疙瘩菜，切细，用盐搓了，压在坛子里，过上半个月或更长时间，吃浆水面或煮洋芋时，就着填饱肚子，尽管日子过得清贫，但在有滋有味的生活里，碓窝功不可没。

我做事毛毛躁躁，用碓窝，手指被砸出血泡，最不喜欢的，就是砸辣椒。在辣椒最便宜的时节，买回家串起来，挂在屋檐下，原本深绿的辣椒串，被日光沐浴得满身透红，渗透了希望，同时也成为一道艳丽的风景，红彤彤的，即便在寒冬时节，院子里的草木枝柯扶疏，但因为那些红辣椒的点缀，日子显得红火。

等到辣椒变红且干透了，颜色有点泛白，从柱子的钉子上取下辣椒串，拎着一端，抖几下，再抖几下，看着辣椒上的尘土掉落了一些，也不管干净与否，就蹲在碓窝旁，开始砸辣椒。

随着嘭嘭声，碓窝里泛起淡淡的土味，不一会儿，双手都沾上了辣椒，呛鼻的辣味也扑面而来，左一声阿嚏，右一声阿嚏里，只敢手背揉一下鼻头，不敢用手擦。

一窝辣椒面砸成，伴随的鼻涕眼泪，也不招自来，代价有点大。

每每那时，大人们不让我们靠近，即便好奇心再强，看着大人们一把鼻涕一把眼泪的模样，也不敢逞能。我倒是趁姥姥给上门化缘的和尚施舍的间隙，砸过几下，慌乱里，左手掌心下端砸出一个血泡，情急中去吮，结果辣得使劲吐唾沫，辣椒没有砸细，倒吃了一亏，有点委屈，不仅没有得到姥姥的同情和怜惜，反而骂我不听话，不让砸不让碰，偏偏不听，活该。

本想炫耀一下，结果生了个窝囊气，小声嘀咕了几声，以示抗议。哪里料到姥姥坐在门槛上，顺手扔来一旁的笤帚，尽管我躲开了，但心里还是憋屈。不敢哭，擦眼泪，眼睛又火辣辣地疼起来，撩起衣角擦一下，揉一下，并不见好，索性哭开。或许我的哭声让姥姥颇烦，冷言冷语，扔过来一句话，用冰水洗洗，拿枕巾擦一下。我照做，很有效。

姥姥家门外核桃树下的大碓窝，除了腊月里被村里的女人们砸粮食外，很少受青睐，常常处于遗忘的角落。偶尔，被人记起，用来砸香豆草，砸辣椒。

家里的大人们，不让我们在碓窝边玩。村里的那些大嫂大婶可不一样了，她们抡了大碓础，要么坐着，要么站着，大都弯腰，好使劲。看见我们玩，说我们乖，懂事，长得也好看，跟农村人就是不一样。那些好话一入耳，我们便云里雾里，飘飘然了，所以不用她们说，会主动跑上前，两人一起握碓础，嘭嘭嘭地砸起来。毕竟力气小，没砸几下，就气喘吁吁起来。左手低点右手高点握础，四只手一起握，础把子长点还行，短的话，砸下去自然好办，但提上来就费劲，龇牙咧嘴，细密的汗珠，早就爬上了额头，嗓子也开始冒烟。勉强砸几下，实在提不动碓础了，才停手。

跑进家，满面红光，揭了缸盖，舀水喝。还没喝几口，还没有咕嘟咕嘟几下，呵斥声砸过来了。去拉架子车了吗？渴死了吗？不知道家里忙吗？听到那些，咕嘟声也没有了，放低声响，轻轻盖上锅盖，放轻脚步，蹑手蹑脚跑出大门。只是，跑到麦场上，玩别的，再也不敢去看大嫂大婶砸些什么，说些什么。就算说得再好也没用，夸我再乖也白搭，害怕回家挨揍呢。

其实，那也算是一种爱，农村人对孩子的爱。

然而，没有几天，又如法炮制，帮人家砸东西，依旧是甜言蜜语，依旧在撺掇声里，几个孩子轮番上阵。大嫂大婶们只费了一下口舌，就省了不少力气。跟我们一样，其他孩子回家，也会挨骂，自个孩子自个疼，家里的活不做罢了，怎么又会舍得让人家使唤呢？就是孩子主动帮忙，那也是不乐意的。所以，后来的日子里，对使唤过自家孩子的女人们有了一点偏见，有时搭讪带点刺。对方明白，也笑眯眯地回敬，说孩子乖，长大有出息。这样一来，一切烟消云散，又回到从前，东家长西家短的，拉开了话匣子。

既想被人家帮，又不愿意多花一点力气回帮的大人，毕竟是少数几个，很多人是豁达的，跟碓窝一样，无论砸什么，都会接受。

现在，恐怕除了准备够腊八节砸谷物，平日里的碓窝是闲的。不过，就算碓窝只在腊月用一两次，也不会将其扔掉。像姥姥家的碓窝，像个雕塑，依旧安静地陷在那里，任凭风吹雨打，任凭花开花落，不知何时退出生活。

有些物件，即便闲置，也永远不会淡出生活。不是吗？

碓窝亦如此，作为一种生活方式和状态，是时代的标记，而这些标记，不管渐渐归隐还是依旧停留，都给记忆和生活赋予过温暖。

旧物的光芒

一

很多时候，我发觉生活中的好多物件，都隐藏在时间之中，一直寻觅不得。突然有一天记得，竟然感慨万千，于是在心心念念中搜索与其相关的点点滴滴，直到记忆深处了无印痕后，方可收手。

比如面柜，比如铧犁，比如磨子，但凡是乡下村里人家必须具备的物件，即使不使用了，也会搁置在某个角落，哪怕落满尘埃，也不弃之。

旧物的光芒，总是闪现着最初的美好。

姥姥的面柜，30多年来，一直让我不能释怀的是那些旧时光，我清楚地记得，那年腊月二十四，打发了灶王爷后，姥姥家的洒扫除尘开始了，从堂屋开始的所有物件都被挪移，角角落落都要打扫。

我最怕那一整天的大扫，院子里摆满了坛坛罐罐，几乎连挪脚的地方都没有，不仅如此，还要被使唤，取这个拿那个的，都没有空子溜出去玩。

尤其是那两个大面柜，要被抬出堂屋，很费劲。尽管抬大物件与我无关，可是瞅着表哥、表嫂及喊来帮忙的邻家哥哥们那吃力的样子，我就不大喜欢。

我的喜欢不喜欢，一点也不影响大人们抬面柜的心情和行动。

把面柜抬出去，抬到后院装麦麸吧。表嫂建议。可是没人应声。我点头附和时，表嫂狠狠地瞪了我一眼，我吐一下舌头，无趣地站在堂屋门外，看他们如何挪移。

左边，右边，前边，后边，等一下，再挪一下。表哥不但抬，还指挥着他们五六个人。就这样，面柜在被东挪西抬地叫嚷下，从原地移开了一尺左右，接着到了堂屋中间，然后被调转方向，抬出堂屋。那抬面柜的架势，还真是热闹。

我是帮不上手的，蹿到一角，指手画脚，但谁也不听我的，让我躲开。

姥姥瞅着面柜被抬出堂屋，用低沉又带沙哑的嗓音只说了一句把面柜抬到她屋里，于是那个油漆好看点、图案俊一点的面柜，又被吭哧吭哧地抬进了厢房，放在炕头一侧，仅仅挨着炕。面柜像是量好了尺寸一般，在那里大小刚合适，真佩服姥姥的眼力。

那面柜，从那年腊月开始，在姥姥的厢房一放多年，即便姥姥过世 8 年也没有挪过。

30 年前，面柜就这样移出了堂屋，姥姥去世多年，面柜依旧放在厢房里，算是不起眼的家当吧。

农村人家，哪家没有面柜呢？讲究点的人家，大小面柜上的图案，还是十分耐看的，梅兰竹菊，富贵牡丹，遇到画匠手艺高的，当然东家也有点雅兴的人，对画图的要求，不一而论。

姥姥是个心气极高的人，所以两个面柜，就像穿旗袍的两个女人，一个画面是恬淡色浅雍容华贵的牡丹，一个则以黑紫色为主调，嵌了梅兰竹菊，高端大气上档次。

两个面柜，都有三格。所以，看上去色调舒适点的面柜，一格放粮食，一格放白面，一格放二面（即含麸皮的二道面），还有一格放些细物，像白糖呀、蜂蜜呀、过年的挂面、冰糖包子、茶叶什么的。黑色调的三格，则放些五谷杂粮，一样一样，不多，分开装了，放在那里感觉踏实似的，当然还有碗筷。现在感觉就是储藏柜，放杂物的。

我管浅色面柜叫白面柜，黑色调的自然是黑面柜，缘于嘴馋又贪婪，喜欢白面柜。

面柜在一个农家既是摆设，又是粮仓。不像现在，面粉、碗筷怎么会放在堂屋呢？厨房充分发挥了空间和功能，即使生活不济的一般人家，堂屋就是接待客人的。

姥姥家的面柜，是一家人接触最多的。记得每天做饭前，姥姥或是表嫂，在白面柜前一站，揭开中间一格的盖子时，我会围上去，踮着脚尖，看白面多不多？其实，没有人让我去那样，但似乎已成习惯，不管谁去挖面，我都凑上去看。一天一天，装进面柜的一格子面，方方正正的，从最开始的一板子开始，被蚕食一样的，渐渐下陷，渐渐露出底部，而后腾空。

庄稼人喜欢管那格子就叫格子，说起磨面，就说这次装了几格子，压得瓷实，多装了一口袋；也说这一向家里亲戚不断，一格子面完得快。

一格子白面和一格子二面，还有半格麦子上放的细物，使白面柜看着都有好感。

有时，家里来客人了，表嫂会喊我，让我去挖面。于是，我会举个面升，在堂屋门前低声喊过姥姥，递了面升，候在门前，待姥姥挖了面，双手端着，生怕斜了，面会掉落。

来客人了，灶房里热闹了，荷包蛋舀好了，烫面油饼子也出锅了，那香味直往鼻孔里钻，由不得不闻。于是，眼睁睁看着表嫂用排（掌盘）端走油饼子后，拿勺子快速在锅底嚓嚓刮几下，舔几口荷包蛋的汤水，那个香，至今记忆犹新。只是那个烫面油饼子，只能等客人走了我们才有口福。所以，那会儿，总盼着家里来客人，而姥姥和表嫂，却怕来人，尽管说家里来了客人，村里人都稀罕着打听是哪里来的，可她们一老一少并不引以为荣，而是笑笑，也不说是谁。

我哪里管得了那些。只是发觉，每次客人走后的一两天里，白面柜轻易不揭盖子，洋芋菜、发面酸疙瘩、拌汤、杂面齐活儿之后，才会有白面馍馍的。

我就不解，白面柜里装了两格子白面，为何还要吃杂面。不解也没有头绪，比起村里的孩子，我算是享福了。很多人家上顿下顿都是杂面，我偶尔偷着揣一个白面馒头出去，在小伙伴面前炫耀一番，装出小姐的样子，伸出兰花指，掐一点点馍馍，夸张地张大嘴巴，仰头慢慢地放入嘴里，吧唧吧唧嚼几下，故意弄大声响。吧唧几下后，又掐一点，如此反复。表演就是表演，看上去吃了好几次，但馒头还完好，只缺了一个角，小小的一个角。

兰草的眼睛最毒了，盯着我手里的馍馍，要一口吞下去似的，我瞅瞅她的目光，下意识地一手护着，一手还故意去掐，还思谋着让她们馋一会儿。但是，兰草大喊，你看你姥姥来了，我一听，下意识地把馒头藏到身后的同时，扭头去看姥姥，却不见姥姥的踪影，纳闷之余，手里的馒头就被夺了。我也不知是谁夺的，兰草还是燕子，反正给抢走了，她们像麻雀一样，扑棱棱一下从我身边跑掉时，大喊着，胜利了一般。我则哭丧着脸，摊着双手，盯着她们的背影，后悔得要命。

我快快地回家，想着如何瞒馒头被夺一事，可是不知怎的，姥姥不仅知道了，还说是谁夺的都知道。我缩在厢房门前，不敢挪步。姥姥见状，嗔骂了我几声，踮着她的小脚，在院子里嗖嗖地穿来走去，忙活去了。

我原以为姥姥会给我出出气，见了兰草抓住她的黄毛辫子，质问或是给她后脑勺一巴掌。恰恰相反，第二天在院外的菜地里拔草时，兰草恰好走过来，姥姥不仅没有打，还对兰草怯怯地打招呼，回以柔柔应答。我气得咬牙切齿，姥姥却破天荒地问她奶奶好些了没有。兰草一听，眼睛一亮，拉开话匣子，站在菜地边，说了一大堆。大概姥姥说了句让她与我好好玩的话后，兰草才收脚，讪笑着向我走来，我哼的一声，折身离开，让她无趣。

就是馒头被夺之后，我忽然有了个坏毛病，有事无事，爱在白面柜前磨磨蹭蹭地，故意蹿进柜底找东西，每次爬出，别说双手是土，裤子也弄脏了，姥姥见状，在我屁股上踢一下，很轻地说，蹿进去在找老鼠洞吗？是不是又要挨打。我从板柜底下找到一粒纽扣，好像捡到了一只鸡蛋一般，蹿出来，拍拍衣裤上的土，举着纽扣邀功。

姥姥却虎着脸，说放到盒子里。我故意歪着头，问哪个盒子？白面柜上放的吗？姥姥白我一眼，从鼻底下哼出一个嗯，我就大摇大摆地，踩着白面柜边沿，稳稳当当地爬上面柜，慢腾腾地把纽扣塞进一个盒子。

之后，索性坐在面柜上，一个一个地细看那些酒瓶子。板柜上的酒瓶子，像排列的一棵棵小树，紧挨着，绿色的，白色的，还有糖色的，从这头摆到那头。瓶子里总是装着东西，那些东西吸引着我，我换了个姿势，坐瓷实了，挨个举着瓶子细看，里面装的到底是何物。一个里面是麦子，一个里面是油菜子，还有一个里面的东西不认识，看去粗茬茬的扎手，还有一个里面，居然是葵花子，我就掏了几粒，快速塞进裤兜。

记得心里是舒坦的，摸着一粒葵花子，丢进嘴里，咂摸着，并没有嗑破。美滋滋地，蹿下面柜后，又踩着柜边，趴在柜沿上，揭开中间那格的面柜盖，瞅了瞅白面。我到如今也想不通，为何要看看白面。格子里的白面，已经吃掉了一半，齐茬茬地，面刮取得恰到好处。盯着白面几秒钟发呆后，迅速盖上盖子，跳下来，思谋了一下，嘴里的葵花子快要破了，被吮得湿塌塌的，就要吃到仁了，赶紧摸摸裤兜，摁住，一跳一跳地跑出堂屋，到后院的楸子树下，享受片刻的欢喜。

二

面柜右边的一格，最让我捉摸不定，因为有段时间上锁了，钥匙在姥姥的衣兜里。因为那把小锁子，面柜显得很神秘，只要姥姥开锁，我就蹭到跟前，踮起脚往里瞅瞅。

其实，大多的还是粮食，中间夹杂着放的那些细物，闻起来有股怪怪的味道，木头与麦子夹杂着的味道，至于其他的，没有闻到。最显眼的是放在右侧的蜂蜜罐，看上去很大，也不晓得一斤有多少，总觉得装了很多蜂蜜。蜂蜜是大姨夫给的，大姨夫养的两箱土蜂，还争气，一年下来能割几斤蜜，自然要送给姥姥一些。所以那个蜂蜜罐从来没有空过，眼看着要见底了，蜂蜜就又送来了。

现在，想来很怪，那时候的蜂蜜怎么那么瓷实，不像现在稀糊糊的。有时，姥姥打开面柜，将一沓毛票塞进去的瞬间，原本就在她腋下的我，伸出食指，抠一下，即刻放进嘴里吮几下。

当然，前提是那个罐子必须是揭了盖的，在何种情况下才能揭盖呢？当然是村里有老人感冒了或是有别的用处来借蜂蜜时，姥姥会在来借的茶盅里挖上几勺。姥姥一边挖蜂蜜，一边嘀咕，蜂蜜也借，不是要吗？怎么还呢？这罐蜂蜜没怎么使，大多都被借了。

我一边吮食指，一边咂巴，顺着姥姥的话，给她安慰，等她们有了，还回来，罐子不就满了？不就能使了吗？

姥姥从鼻腔里发出一声哼，嘟囔一句，说没指望过还，舔一舔勺子，我乘机用食指又挑了两下，入口，那个甜，至今难忘。

柜子又被姥姥锁上了。她踮着小脚出了堂屋，亲自把盛有几勺蜂蜜的碗送到大门外，给来借蜂蜜的人。借东西的人，一般也在大门口候着，不肯进门。我站在屋檐下，还咂摸嘴里残留的甜蜜，也对那把锁耿耿于怀。

那把锁，我指望着坏掉，但好几年也没有坏，质量可谓上乘。只是我始终记不得，不知哪年哪月哪天开始，姥姥不再锁面柜了。

而面柜的那把锁，却因为我而引发了姥姥与她妯娌（我的堂姥姥）的一场舌战。至于原因，后来还是姥姥告诉我的。母亲的二叔家，在隔壁，也是姥爷的老家。老家有母亲的爷爷，家里做了好吃的，姥姥免不了使唤我给太爷送去，所以出出进进的较多。二姥姥与姥姥家关系一般，她家若丢了东西，几乎都会摊到我的身上，每次水落石出，她撇撇嘴了事。我那会儿胆小，也不敢辩解。记得有次，是夏天，她家面柜上的钥匙丢了，我跟兰芳们玩过家家，堂姥姥风风火火地走过来，还没容我有反应，就提着我的辫子，问我是不是拿了她家的钥匙。我头皮发麻，被拽得生疼，起初说没有，可她一使劲，疼得厉害，手紧挨着辫子根部，哎哟哎哟地喊着，眼泪早就滚出来了。堂姥姥似乎是个心狠的女人，并没有放手，一使劲，我就满口应承，说是我偷的。这下可好，第二个问题接着来了，偷后放到哪里了？能放哪里呢？我想到了姥姥的面柜，想到了锁着的那个格子，于是顺口说在面柜里锁着，是姥姥锁的！后面的问题没有问，或许堂姥姥还想不到问，我主动回答。现在想想，我就是个软骨头，没骨气，如果在抗战时期，我绝对是个叛徒，别说严刑拷打，就是人家晃晃刑具，我就叛变了。

且不说假设，当初堂姥姥的手劲特大，揪着我的辫子，让我的头皮疼了两天。

白面柜就莫名其妙地承担了罪名，姥姥是一直蒙在鼓里的，因为我不敢跟她说。后来兰芳奶奶来借蜂蜜，告诉了姥姥堂姥姥揪我头发问我话的事之后，姥姥还埋怨我胡说。说如果她（堂姥姥）跟她要钥匙，拿什么给她呢？我想想头大了，也害怕再次被堂姥姥揪着头发问东问西，所以死缠硬磨，让姥姥把我的头发剪掉了。

我是心惊胆战的，害怕大人们吵架。不过，接下来的两三天都相安无事，我以为堂姥姥忘了钥匙的事了，所以我也就放宽了心。可是，事情没有我想得那样简单，大概一周后的大清早，堂姥姥站在姥姥家的核桃树底下，叫骂开了。说养了贼了，丫头小不懂事，大人也是呆子吗？把偷去的钥匙锁在面柜里，一家人都是贼。表哥特愤怒，那架势，看上去要打架。姥姥劝住了，说是我惹的祸，跟那个女人见识什么，都是丫头不争气。

幸亏我的辫子剪掉了，要不然，就凭堂姥姥的污言秽语，姥姥若拽住我的辫子逮到我，不暴打一顿才怪呢！我一步三跳，在表嫂的护送下逃出了家门，但表哥凶狠的眼神，让我一天心神不宁，被表哥抓住打几巴掌，还不如让姥姥打呢！

堂姥姥的叫骂，在姥姥坚持的沉默中不了了之了。大概三天后，姥姥安排表哥表嫂去地里运粪，就又听到堂姥姥的叫骂了，表哥的火噌地一下上来了，握着拳头，说要教训教训堂姥姥。姥姥虽很生气，但呵斥表哥不许出大门，让她去骂。

我乘机偷偷地跑出大门，躲在大门檐下一侧，看到堂姥姥在院外的核桃树下，双手叉腰，仰着脖颈，起初骂我是贼，骂着骂着，说到了后院里的两棵树，说分家时树是她的，结果让姥姥们赖掉了，不仅赖掉了，还说一家人是贼。我那时胆小，最怕吵架，躲着躲着就往里缩，也没有想到表哥跑出来了，三两步追到堂姥姥跟前，逼问她骂谁是贼？堂姥姥惧怕表哥，也没有想到表哥会那样，后仰着身子，怕表哥打她。姥姥迈着小脚出来，一声走开，吓得我面如土色，表哥也后退一步，转眼看姥姥。我没有见过姥姥发过那么大的火，铁青着脸，怒气冲冲，冲到堂姥姥跟前，厉声警告说，再说一声全家是贼的话，打掉你的门牙，不信你试试。我在姥姥身后，那些话听得清清楚楚，明明白白，也看到堂姥姥的脸色一变，从姥姥身边一把把我拽过去，说是我说的偷了钥匙，给了姥姥，锁进白面柜的。

我一下子哭开了，抗议堂姥姥，哭喊着，嚷着申辩没有偷她家的钥匙，说是她拽着我的辫子逼我说的，兰芳可以作证的。

我在哭诉中辩解，慌乱中，向已经跑来劝架的邻居叔婶们求助。

姥姥一把拽过我，当面厉声问我，拿了没有，得到我的肯定后，姥姥似乎咬牙切齿了几下，但忍住了。我抽噎着，她们对视着。姥姥只说了一句，要是丫头没有偷的话，怎么办？

堂姥姥指天跺地，说天打五雷轰，老天爷看着呢，如果她编谎的话，不得好死。

堂姥姥有个儿子，我们也不喊舅舅，听说得了脑膜炎，没有及时看，耽搁了，成了傻子。他见到我们时总是傻呵呵地笑着，而我们跟着伙伴们喊他瓜子，戏弄他。

那会，就在我抽抽嗒嗒时，他却不知从哪里冒出来，往裤兜里掏两下，一串钥匙，只有三把钥匙的一串，还有小铃铛。小铃铛那会很时兴，家家户户的钥匙串上都有，姥姥也有，表嫂也有呢。他举着叮当的钥匙，送到堂姥姥眼跟前，说钥匙在他的裤兜里。那一刻，他一点也不傻，说话声音清楚，也没有咧嘴，也没有流涎水，更没有傻笑。我一看钥匙，一听他的话，扯大声嗓哭开了，姥姥的手掌不知何时落在我的头上，摩挲着。

堂姥姥见到她的儿子，看到钥匙，听到那些话后，脸噌地一下红了，一把夺过钥匙，塞进裤兜，对着自己的儿子一个耳光。那耳光似乎扇在我的脸上，我难受极了，转身把脸藏到姥姥的衣襟里，大哭。

堂姥姥推搡着她的儿子，骂骂咧咧地走开时，警告我们，不许再去她家。不过，警告归警告，堂姥姥下地干活，不在家时，姥姥还会让我偷偷地去给太爷送好吃的。

也就是从那次开始，我对堂姥姥怀恨在心，不跟她搭话，更不看她，一晃多少年。

由一把钥匙做引线，引起的一场战争，就那样结束了。

在村里，舌战常有。东家丢鸡了，西家丢了铁锨了，吵架司空见惯的，可因为一把钥匙而起的舌战，还是少有的。都是因为我的胆小和愚笨，让姥姥一家人受了不少冤枉气。

大概过了几年吧，面柜突然在我的观望中不锁了，只是挂在锁扣上，并没有锁上。因为我观察了好几天的，锁只是挂在锁扣上的。起初疑惑，以为姥姥忘记了，帮着把锁锁了，跑到姥姥跟前邀功，说她忘记锁面柜了。后来，好几次后，妹妹告诉我说，面柜上的锁子是样子，可以拿好东西了。我信以为真，在妹妹的撺掇下，用食指挖了两次蜂蜜，一次让妹妹吮了，一次我自己享用。

那揭开面柜的心情，那用食指挖蜂蜜的心情，不知如何形容，甜蜜得涎水都带着香甜。那情景，跟探险似的。那是一个夏天的午后，大人们都下地了，妹妹让我去开面柜，她在堂屋门上守着，听动静。家里虽说没人，就我们俩，但还是怕被发现。面柜盖重，还是妹妹帮我取下套着的锁，帮着揭开面柜盖，并取下放到一边，成功挖到蜂蜜后，生怕被发觉，原模原样地盖好，还把踩在板柜沿上的脚印也擦了，所以那格子板柜沿比其他两格的干净。

第二天吃早饭时，姥姥还说表嫂，怎么挑着擦面柜沿？表嫂瞅一眼面柜，含糊其词。我告诉姥姥，表嫂根本没有擦，表嫂看了我一眼，妹妹瞪我一眼，同时还戳了我一下，我还纳闷，回一句干嘛戳我？妹妹没吭声，狠狠地瞅了我一眼，端着碗出了堂屋，坐在门槛上吃饭。

我望望姥姥，看看表嫂，偷看一下表哥，也偷看几眼面柜边沿，低头，三两下把饭吞下，躲到了后院。坐在楸子树下，很是纳闷，不明白妹妹的瞪眼，表嫂的眼神，当然还有妹妹狠劲地戳。但是，此后，面柜边沿始终是干净的，是我偷偷擦的，黑面柜的也一样。

姥姥再没提那事，我擦边沿的时候，表嫂也碰见过，她没有说别擦也没有说擦干净些，什么话也没有说，继续做她的事。

那时我很天真地以为姥姥不锁面柜，是因为堂姥姥的叫骂，哪里料到，后来又惹祸上身了。

三

村里有个悍妇，她公公是个赤脚大夫，她们家在村里日子过得还算好。因为日子过得还算好，所以她家有一杆大秤，往往在麦场上很受用，东家借西家也借，姥姥也借过好几回，每次都是差我去借的。

那是秋后的一天傍晚，我被姥姥使唤去还秤的时候，那悍妇先看看我，而后瞅一眼秤杆，问我是不是在哪里碰到秤杆，还指着秤杆上的一个小槽子，凶巴巴地瞪着我。我一向怕她，所以没有出声。她便搡了我一下，要我回答在哪里碰的，还把秤杆举到我面前，让我看那道槽子，我说没有，她硬说有，逼问怎么弄的。她的推搡使我一再退后，而她举着秤杆步步紧逼，无奈中，我只好撒谎说是用石头砸的。她一听几乎跳开了，指着我的鼻子骂了个美，我不敢跑开，听着她的骂，眼泪吧嗒吧嗒地往下掉。她也不理会，直到村里的哑巴叔路过，把我拉走。

我回家不敢跟姥姥说，姥姥追问也没说，以为此事姥姥不知。后来，悍妇家的秤杆不知被谁家借去没还，见谁问谁。自从那次后，我是躲着悍妇的，没想一次被逮着了，问我姥姥家借了她家的秤杆没有，我支支吾吾，她拽扯着我，让她确定是姥姥借去不还的，并逼问放在哪里了。我不知怎么答复，在她面前支支吾吾，且一再的恐吓下，顺口说放在堂屋面柜里了，被姥姥锁了。

锁了？编什么瞎话，锁进面柜？悍妇伶牙俐齿，我一时语塞，低头站着。

恰好表哥经过，见我的样子，质问我干什么呢？我大喊一声表哥之后，躲在他的身后哭开了。悍妇则不理我，问表哥秤的事，也问把秤藏在面柜里的事。

我小声哽咽着，没敢吭声。表哥一听悍妇的话，抬手在我后脑勺一巴掌。后脑勺火辣辣地疼，头似乎要裂开，但我忍着没哭，只掉泪。

悍妇则一手叉腰，一手指着我说是我说的。表哥瞪我一眼，质问悍妇，居然信一个丫头的话？表哥反问悍妇说，丫头说杀人了，你信吗？悍妇一时语塞，盯着我时，表哥却质问悍妇，说你家面柜里能锁进你家的那杆秤吗？

悍妇没声音了，表哥说一声回家，我乖乖地跟在他身后，心里害怕极了，怕回家挨揍呢！回家后倒是没挨打，只是表哥跟姥姥说那些时，他们都说我太笨，没心眼。

我照单全收，没敢顶嘴。

就是那天之后，板柜上挂着的锁也不见了，我还纳闷了好几天，为何姥姥不锁面柜了。

没有锁的面柜，真是热闹，我和妹妹轮番看守，那罐蜂蜜，好长时间没人来借，被我们一指头一指头地挖下去。姥姥发现时，已所剩无几了。那年，是表嫂快要生表侄时，早饭若蒸了馒头，表嫂随口说了句蘸着蜂蜜吃热馒头香时，姥姥才揭开面柜盖子，才揭了蜂蜜罐的盖子，才看到了一道道的指头印后，大喊一声，我起初不明白，随即晓得，只是答应着站在板柜前，低了头，等姥姥的巴掌。

姥姥只问了一句：你干的？我抬头又低头，而后鸡啄米一般点头。姥姥什么也没说，盖上面柜盖的声响很大，走开时瞪了我几眼。

蜂蜜蘸馒头的确不错，表嫂吃了四个，但我只吃了半个，也没觉得甜，更没觉得好吃。一直怕姥姥秋后算账，等到家里其他人不在了才打我。

惴惴不安里，一天没事，两天没事，第三天也没事，第四天还是没事。我放松了戒备，又思谋着面柜里的好东西了。

思谋归思谋，还是防着姥姥。她轻易不打我，我就很奇怪。终于有一天，妹妹玩去了，表哥表嫂去赶集了，只有我在院子里玩。姥姥坐在门槛上，她喊我一声。我跳到跟前，姥姥指着面柜问我，你思谋最近面柜里有什么呢？我一惊，摇摇头，后退两步。姥姥也没发火，继续问。真不知还是装的？我依旧摇头。就在两次摇头后，姥姥的眼神跟锥子一样，盯着我。我怯怯地说不知道，还不等再问，就急忙说蜂蜜是我挖的，那指头印是我的。

姥姥的目光才缓和了，才慢条斯理地说，贼手千万不能长的，就是家里的东西，也要跟大人要，偷的话只会挨打；如果是人家的东西，更不能动，要剁掉手指头的。谎也不能说，跟她们胡说也是说谎……

姥姥的话，我都一一点头，并肯定地说记住了。后来，姥姥还给我讲她小时候的故事，大多我没有记住，只记住了关于不能偷和不能说谎的话，因此也就对面柜的惦记慢慢地淡了，不再贼眉鼠眼的。

当然，面柜里的好东西依旧很多，也越来越丰富。柿饼、水果糖、罐头，到后来还有长条的泡泡糖。面柜没有锁，锁扣一直扣着，除了姥姥给我们吃，却不曾少过一样。

那次后，凡是去村里还东家的物件，或是去借西家的东西，都是我和妹妹同去的。那之后，再也没有发生过类似的事件。

面柜还在堂屋立着，没有挪地点。

记得我八岁那年的正月初六，堂屋要翻修，有些家当要搬出去，尤其是两个面柜，挪移费力，邻家的两个哥哥来帮忙，白面柜抬得轻松，挪到了后院。黑面柜大些，虽然格子里该取的都取了，但还是重。姥姥在边上看着，说那么好的木板子，不重才怪？表哥和表嫂说在新堂屋里，放白面柜就成了，黑的给人。邻家的哥哥一听，说给的话给他，不要给别人，他搬到他家堂屋里，用清漆刷一下，黑亮黑亮的，花色就显了。

邻家哥哥们说话的时候，似乎黑面柜就已经属于他家一般，眼睛里冒出贼光，那汗津津的手，在黑面柜的图案上摸来摸去，还斜了身子，歪头看柜子后面。

黑面柜要给他们的话，格子里所有的东西都要拿出来吗？

我插嘴大喊，姥姥瞪了我一眼。

他们齐茬茬地向姥姥看去，姥姥好像没听见似的，没说给的话，也没接他们的话茬，只是笑了一下，催他们快搬。

此刻，我想，当初他们抬黑面柜的时候，那些哥哥们的心情大概跟黑面柜一样吧？

黑面柜被抬放在了东厢房的屋檐下，一放就是一个春天，紧接着是一个夏天，秋天了，黑面柜还放着。

晚上，姥姥睡不着觉了，嘀咕说家当置办不容易，怎么要轻易给人呢？说表哥和表嫂是个败家的。就这样放置黑面柜，明摆着是嫌黑面柜不好，打算给人。

表哥和表嫂是怕被姥姥骂，所以一直没敢把黑面柜给人，而是在秋后的一天，姥姥黑着脸说家业的话题时，被抬到后院的檐下，放杂物去了。

我七岁那年，因为要念书，跟着母亲，所以在秋季开学的那天，离开了姥姥家。之后的寒暑假方可回去。每次回去，都会跑到后院去瞅瞅黑面柜，翻翻，看看表嫂往里装了什么东西。至于白面柜，因为放在姥姥的厢房，所以一直感觉很亲近。柜里放的东西更丰富了，都是吃的，表侄和表侄女们哭闹时，姥姥会拿出一两样哄他们。当然，我也是有份的。

一晃多年，姥姥过世之后，我回去的次数越来越少了，可每次回去，总会看看表哥和表嫂有没有把面柜扔掉，白面柜在厢房，黑的在后院檐下，油漆剥落，看着难受。

家里条件挺好，二层小洋楼，家用电器一应俱全，堂屋只招呼客人，摆设与我家客厅没差别，沙发甚至比我家的都高档。还有太阳能热水器，洗澡间，都一样不少。日子过得舒坦。

楼上楼下的房间，表哥和表嫂都没去住，他们与当年姥姥执拗地住在厢房一样，接替姥姥，守着厢房。白面柜也沾染了烟尘气，有点灰沓沓的，但没有空着，装的全是麦子。

我很是不解，问及。表哥一脸得意，说虽然生活好了，不像那会磨面要磨了够吃半年的才甘心。面柜里装满麦子，没事了揭开看看，心里踏实……

表哥的踏实，我那会儿不明白，这两年，我方解其意。

面柜闪烁的光芒，面柜承载的东西，是一个农家须有且持久的光芒，那是城里人永远无法理解也无法感知的光芒。

舔　碗

儿时受姥姥的影响，我吃罢饭喜欢舔碗，还有碟子。一般情况下，我只舔自己的碗，一遍两遍，舔得比洗了的还干净呢。

我小时候的饭碗是只黄色的搪瓷碗，不知是父亲买的还是母亲相中的，反正我的是黄色的，妹妹的则是绿色的花碗。妹妹的碗好看，但我眼馋白搭，她不换。我出生不足两个月就在姥姥家，妹妹一岁了才去。我的碗自然买得早，磕碰掉了好些瓷，露出边，手摸上去不平。

不管是黄色的还是绿花的，舔碗都是要务。似乎习惯了似的，喝完碗里的最后一口汤或是吃完最后的饭渣了，左手捏着筷子，双手举碗，开始舔碗。

即使在今天看来，舔碗似乎是有技术含量的习惯。就说舔吧，你若左一下右一下地舔，不仅舔不干净要来个二次，还费时。最好从靠近嘴巴的这侧开始，一下一下，顺着舔，点一下头，抬一下头，很有节奏。

有时候觉得，虽然饭不怎么香，但舔到舌尖上的一丝味道，是最香的。我喜欢吃洋芋，所以吃了洋芋汤的碗或是馓饭的碗，舔起来很得劲。不仅爱舔，还觉得津津有味。有时，舔得不到位或是动作不流畅时，额头和鼻尖上会留有记号。有记号也无所谓，用手背一抹，算是擦了，至于擦干净了没有，也不管。所以，凡是早饭吃了馓饭的话，村里眼尖的女人们会指着我的鼻尖，说吃了馓饭啊？

虽说姥姥家光景在村里还算过得去，让一家人的胃囊没有咕咕叫唤过，可我那时小，觉得吃馓饭似乎不光彩。每当女人们问我是不是吃了馓饭的时候，我总是从牙缝挤出“不是”，之后，看也不看她们一眼。可那些我唤作阿姐或是大妈的女人们，听我从牙缝里挤出的两个字，立即哈哈大笑，有的还捏一下我的脸，盯着我的鼻尖，说鼻子疙瘩上的馓饭都没有擦干净，还说不是。我知道她们看出我撒谎了，脸一红，不敢看她们。她们却找到了乐子，要拉开架势说一通似的，我讪讪一笑，从她们身旁跑开，至于我离开后说些什么，半个字都没有听到。

后来，不管是早饭还是晚饭，我准会把嘴巴和脸蛋收拾干净，出门之后，舔过碗的痕迹丁点也没有。

不知何故，只要家里吃了好吃的，就叮嘱我们，人家要问吃的是什么，就说是疙瘩或是馓饭。我很是不解，明明吃了好的，为何要藏着掖着，还要我们撒谎。

姥姥自有姥姥的道理，反正记着姥姥的话，说是不敢，但可以不擦嘴巴就跑出去的。

记得有次吃了肉菜，我居然在舔过碗之后，也不擦嘴，就扬着油汪汪的嘴脸，跑出大门，东窜窜西跑跑，专门找那个捏我脸蛋指出我撒谎的大妈，想给她看看我油汪汪的嘴巴，当然还有点油渍的鼻尖。可惜，没有找到。嘴巴起初不敢舔，后来转来转去的，舔了一下，接着又舔了一下。一下又一下地舔加上几声吸溜，估计嘴巴别说油汪汪，唇角除了被舔的红润外，压根看不出吃了肉菜。等见到我刻意想见的大妈时，她却心急火燎地，连看都不看我一眼，从我身边嗖嗖走过。一见大妈走了，我转身对着她的背影大喊，今天吃的是肉菜。还以为大妈会转身看我一眼，谁知她别说转身，连半个字都没有接，转眼走进了她家的巷道。

我很失望，也无心再转悠，垂头丧气地回家。在大核桃树下，见到那只整天在母鸡堆里混的大公鸡，抬脚去踢，谁知公鸡比我反应快，没有踢到，却把我险些闪倒。

在大门道里，我狠劲用手背来回擦了擦嘴巴。

此时，姥姥正寻我不得，见到我，大喝一声，又疯去了吗？

我立即撇开那些不爽，一步三跳地就到堂屋檐下。

那会儿小，不知道什么叫情绪低落，反正不高兴时打不起精神。依照今天的状态，那是绝对的失意和落寞，心里的怏怏无法描述，只好把些许的怨气撒到公鸡身上。还有，虚荣心不是说长大成人才有的，就拿我自己来说，吃了肉菜不擦嘴巴四处逛游，不是虚荣心作祟又是什么呢？

一只碗，舔着舔着，几年就过去了，铁瓷碗已经面目全非。可是，那会儿的物件就是瓷实，即使很多瓷都掉了，碗也没有窟窿眼。现在想想可笑，我巴望着碗早出现几个窟窿，让那些补锅补碗的匠人也没了法子，好换只新碗。

黄色的搪瓷碗，始终没有破，在我离开姥姥家、离开那个叫田家的小村时，碗依旧好好的，放在碗橱里，放些咸菜什么的，也一直在用。

长大了，那只搪瓷碗依旧在。只是为那些鸡仔们服务，放在装麦麸的麻袋里，一次舀上几碗，那是有哈数（定量）的。

那些鸡仔的吃食，就像我们小时候的饭量一样，半碗或者一碗，都随着个头的渐高，慢慢增多。

黄瓷碗只是一个生活在姥姥家的印记，前些年还看到了，依旧在那里搁着，只是不知何时，才会与多年前的旧物一样，彻底退出生活的舞台，消失在视线中。

舔碗的习惯，近些年来才改掉。没有出嫁前，我依旧舔碗，甚至会舔碟子。有些日子，舔碗似乎成了乐事，会舔上好几遍。我在猜想，在舔碗的过程中，一直重复一些动作，或许在思索些什么，或者说在掩饰一些不悦的心情吧？否则怎么会对一只碗再三去舔呢？

在婆家，我不敢公然去舔碗，有时候在厨房独处时，刷刷几下，就舔了。谁也不知道，依照我侄女的话说，灶王爷看得一清二楚，不过不怕灶王爷看到，因为没有偷吃，灶王爷应该高兴有这么一个勤俭持家的媳妇呢。

这几年，不大舔碗了，怕儿子看到，怕他学到。生活条件这么好的，何苦把这些传染给他呢。不过，我是多虑了，即使我教儿子舔碗，他也未必会舔。

那只搪瓷碗，我舔着舔着，就离开了乡村。

那只搪瓷碗，我舔着舔着，就长大了，有了自己的家……

我的乡愁总与月光有关

回到乡下的日子日益减少，却分外怀念、留恋乡下的种种，不知这样算不算乡愁。

虽然我出生并生长在一个小村，一个山头上的小村——有我父亲气息的村庄，总是拽着我心，尤其在节令，免不了一番牵肠挂肚。

奔赴很简单，可想捋顺那根乡愁的发丝，很难。

姥姥安息在我很熟悉很熟悉的地方，父亲及爷爷又长眠于这些年来才熟悉的那块麦地。很是茫然。

总是站在姥姥的坟前，目光会飘向隔山隔水并不遥远，父亲所在的方向，惆怅难免。

很久很久以前，我乐于游走在两个村庄，可是感觉村庄不属于我，因为两个小村，都没有那么巴掌大的地属于我。不过，那云彩、鸟鸣、炊烟、清风、霜雪、星光，那汪清泉、麦地、草地、山坡，以及山坡上年复一年盛开的杏树，年轮渐长，我双臂圈不住的歪脖子柳树，都在记忆里不停地画着圈，打着转，试图给我构筑起一个可供想念的空间。

站在屋檐下，伸出双手接纳雨滴算不算乡愁呢？

除了冬日，春夏秋日的傍晚，吃饭也在院子里，风徐徐而来，无比惬意。一盏灯亮着，夜色渐浓，实在无法忍受蚊蝇的骚扰，才从院中挪回到屋，小坐一阵，上炕歇息。

夜半，有时月色正好，起夜也不用掌灯，就在月色里迷迷瞪瞪，就着树影，就着自己的影子，快速返回。

我那会儿胆小，出了屋门，畏畏缩缩地，三步并作两步，深怕身后一只影子的大手拽住我，所以回屋时一下子跳过门槛。

长大了，还是怕黑，还是惧怕夜行。因为怕，所以也没在意过月色。

当然，如果有人陪伴，刻意在月夜寻觅一种感觉，欢喜不在话下。

在大学校园里，印象很深的有两次，都是与男生一起漫步。一次是绕着操场走，一圈一圈，偶尔说说话，间或沉默，甚至绕上一圈也不说话。掌心托着单放机，放着周华健的专辑。风，舒适，极为惬意。安静，从容，身边的一切似乎都安静了一般，能听得清脚步声，至于心跳什么的，一概没有。因为是纯纯的友谊，因为没有杂念，所以特惬意。

还有一次是周五，与老乡，当然也是男生，都是在简单快速解决了晚饭后，然后出了校园，沿着黄河边慢行。那时正值桃花凋落之际，晚开的桃花，一星半点挂在枝头，凋落的，看着蛮舒服的。

走着，絮絮叨叨，谈天说地，一点也不像大学生，感觉很舒服。夕阳西下，云霞漫天。真像摄影家捕捉的那般，金色的光芒，舒缓着曼妙。

黄河水缓缓而流，一点也不惊讶我们的纯洁。内心的平静，令一切都特别平静。起风了，微微的凉意。风很调皮，不时让我的短发乱舞。于是，就像影片中的女主角一样，会腾出右手，将一些发丝别到耳后，也会将手指插在鬓间，整个向后拢去。

如今回想，再联想到影片，唯美的画面，居然一次次感动了自己，也感动了怀念。

看完桃花，再看黄河，依旧在慢慢行走。回到校园，也不回宿舍，就在校园里溜达。依照当下的话说，我们那时是闺密，所以不同于校园情侣，他们的搂肩搭背，一点也没有影响我们，在操场边的树下，我们落座。

与男生有这样的交情，很是不易，那不是短暂的，而是一辈子的，不是蓝颜知己，而是铁哥们儿。

虽过去20年了，但那两次的漫步，偶尔会闪过心头，微微的甜蜜。虽各自为父为母，家庭的责任，虽相隔不远，几年里也不相见，但彼此没有疏远，年轻时交心，中年依然能保持一份友谊，是很不易也很难得的。所以我很珍惜，他们也很珍惜。

或许我的心太小，装不下值得珍惜的很多事。

或许我的心很大，总想着要装下很多想要珍惜的事，哪怕在别人眼里是微不足道的事。

与夫君也会在月夜步行回家，不是刻意寻求浪漫。有时下班晚了，没有打车，想走着回家，因此凌晨两三点也走回家，半夜在一路絮絮叨叨中，感觉话还没说完就到家了。

家与单位不远，二十多分钟的路。我们俩放慢速度，有时有一搭没一搭地说话，有时会沉默不语上几分钟，各自想着心事，与我大学的哥们儿一样，只是走路。

我们夫妻之间，似有说不完的话，叙话到未合眼就天亮的次数很多，说东说西，说他的村庄，说我的两个村庄，然后就是各自去过的一些村庄，然后就是村庄的月夜。

好生奇怪的，走夜路时总喜欢那轮银盘挂在空中，或是一镰弯月洇在眼角，只要抬眼就能看到。像留心喜欢的某个人或者在意的某个景致，心心念念是必然的。

因为心心念念，所以觉得多了些淡淡的忧愁，至于愁的，无非是时光的飞逝，光阴的无情，身边的人走了又回来的，远了又近了的，近了又远了的，与乡愁扯不到上边的，而一些孤独感也会来袭。那些孤独感又扯出了我的乡村，还有曾经，还有姥姥，还有父亲。

于是，月光契合了乡愁，像一滴墨的洇开，不规则的愁也洇开了。

那些夜行，那些月色，那些淡淡的愁，居然会迫使我回到父亲生活过的山村，让我对着树杈的喜鹊窝也顿生讶异的疼痛，路旁的草儿都亲切，风的吻痕，衍生的爱，那刻汹涌。抬眼望望天空，那抹明媚又深邃的蓝，会让我的眼眶湿润，鼻头发酸。

一些淡淡的伤悲之后，我会刻意坐在地埂边，举着透出咖啡醇香的旅行杯，读书，或是张望，或是出神，或是发呆。风过，发丝拂面，熟悉的味道漾出诗意，随手携带的笔记本与笔，张狂出几行散文诗，字里行间满是乡村的点点滴滴。

我很惊讶我的我行我素。我贪恋一方美景，沉湎一枚落叶，时而发呆，时而欣喜若狂，可以无所顾忌地完全将内心的狂喜与些许的忧虑，短、平、快又一览无余地嵌进了诗文。

我也很惊讶，我最贪恋的还是我的乡村……

记忆总会有偏差

本以为是一个很洒脱的人呢，拿得起放得下，突然发现，我太喜欢回头了，难道是步入不惑的门槛后，会有如此心境吗？

是否年岁渐长，就喜欢回忆了呢？细想，的确如此。

记得姥姥在世时，总会给我讲述她随她的父母在藏区漂泊的日子。父亲在世时也不例外，喜欢讲述他当兵时的日子。母亲和公婆，想起往事，会给我们描述他们那个年代的喜怒哀乐。而我，在他们相关的回忆里，有些记忆越来越清晰，有些场景就像发生在昨天。

就像一张张黑白照片，岁月的底版上，显影粉很昂贵，却比彩色照片有着温暖的厚度。难道不是吗？

诗歌在远方，心在远方，记忆也在远方，远方更在远方，因为没有上路，一直原地踏步，因为记忆难免有偏差，可还是愿意在记忆里咀嚼那些时光，倒不回去的时光。

“记忆”是个温暖的字眼，是个令人心动的词汇。

试想，在某个路口，邂逅故人，何种感觉？岁月静好，透明与忐忑的眼神，释然流逝的光阴。惊讶，欢喜之后，微笑，坦然面对，而后挥手别过。说好再联系，却一直没有来往。不知这算不算虚伪。

记忆的偏差，有时会令人陷入另一种状态，比如说一条石径，那些被磨得没了棱角的石子，在记忆里很长很长，而时过境迁，再度漫步，居然发现只是那么一截，没有很长很长，相反，短得有点懊悔。还比如，记忆里的一朵花很娇艳，击中心灵的美，再次注目，突然发现有些苍白。还有，明明记得某个朋友很帅，突然遇见，却发现很一般。还有还有，很确定街头拐角有家咖啡店，找寻时却在另一个路口……

或许好多人与我一般，有些人有些事，怎么也记不得，怎么回想也没有丝毫的印象。风起时，心情恰好不错，那些记忆随风入心，切入一些致命的怀念。

听人说，世界的荒凉，不意味着心的荒凉。行在路上的日子，一寸寸切割生命的，就是那些有偏差的记忆。

纠结于毫厘不差的记忆，很不现实，如果记忆很正确，那么某些令人怅然若失和哑然失笑的话语，会显得多么苍白？

一首很走心的歌，最终记住的只是那么一两句，而不是全部。所有的事都一样，能够跳出脑海，跃至眼前，成为回味的，往往正是有一点点偏差的记忆。

城里的月光，与繁星满天的乡下，不可比拟，因为心境，决定了感观。显然，记忆也一样。

窝在沙发一角，某个午后、某段夜色、某个画面、某个人，都会在记忆里频频出现。还有故乡的那条小河，老家村口的那棵大榆树，田野里蓝莹莹的胡麻花，校园的小路，远方的风景，会席卷而来，打破一些固有的安静。

恰恰此时，不合时宜地煮几个洋芋，用那种最普通的方式，熟了出锅后，不管不顾舌尖被烫，一口下去，舌就受伤了，急忙吞咽，然后心也烫伤了。再然后，很多都被烫伤了，包括空气，包括窗外的飞絮，包括刚步入心底的夏风，包括遥远的你，包括偏差的记忆……

如此，偏差的记忆，记忆里的偏差，丰盈了内心。

清明过后是谷雨

这些日子，缠身的纷扰淡去之后，才蓦然发觉探春花儿的露脸。欣喜一番，还未缓过劲，迎春花又接过春光的接力棒，也以明媚的黄色向我涌来，之后便是那艳丽的碧桃花，与赶早的杏花一道，精心布置的花事也款款而至。这就是清明节的清明吗？

记忆里，清明节前后的天气总是伴随着阴雨，凉兮兮不说，让心情也笼罩了薄雾般的忧郁。细想，清明历来如此的，要不怎么会有“清明时节雨纷纷”“梨花风起正清明”“无花无酒过清明”之类脍炙人口的诗句呢？古诗词赋予清明别样的感觉，就是与清明无关的日子，一旦读到此类的诗句，失去亲人的人，也会想起清明节的种种。

古人缅怀先人，方式不一，北方南方，不同的习俗，在纷繁的日子里，有雨无雨，哀思是无法抹去的。沿袭的节日，也延续着一缕不尽相同的哀思。

往事历历在目，只是关于奶奶，我没有印象，她离去时父亲还尚未结婚，隐约记得爷爷的辞世，于我也无多大悲痛，倒是父亲与姥姥永远的别离，让我陷入切肤的沉痛。

此去经年，一晃，父亲离世 16 个年头了，姥姥也远去七载了，最疼爱我的两个亲人，与我阴阳相隔。之后的日子里，往昔总在梦中，一幕幕，掀开日子的无奈。他们在世时的穿着、语调、走姿，在世时的喜怒哀乐，纷至沓来。

姥姥远在积石山，但她老人家的坟头上，每一个清明节都有我的身影，不是暗自流泪，就是郁郁孤独。

这大概是我的悲哀，也是我的硬伤。明明知道人死不能复生，明明知道生老病死是自然规律，明明知道我老去之后，也会离开儿子，离开这个珍贵的人世间，可是偏偏感伤，似是做作……

风来，撩起我的额发，似是姥姥的抚摸，记忆里的温暖又跨过尘世，再度令我的牵挂欲罢不能。我只能摩挲我的发丝，回味姥姥那历经岁月的掌心爱抚，思念在过往中叠加出回忆，我除了多磕几个头外，还能做些什么呢？

去姥姥坟头的时候，仅限于清明节前，而父亲安息的祖坟，一年里来来去去的，不定有多少回。

父亲在祖坟入土为安，躺在爷爷奶奶的脚下，还有大伯，他们兄弟俩，活着时各自忙碌，常不见面，而离世之后，跟儿时一样，又在一个地方或者说一个院落里相处。太爷也好，爷爷也罢，伯父、父亲，都相聚一隅，供我们缅怀。小叔是倔强的，生前如此，离世也是，他没有入祖坟，跑到自家地头，孤零零地，在能望到他父辈们的一个角落，兀自寂寞着。想想就觉得心酸，正值不惑的小叔，正是拉扯家务的时候，病痛缠身，父亲走后几年，他也撒手人寰。

日子无声地滑过额头，隔绝着一份份隐痛，黄土里外，几年就有恍如隔世之感。年年岁岁的，隔上些日子，就去他们的坟头，烧些纸钱，磕个头，看看，转转，算是抚慰自己。

一球千羽的蒲公英，落地生根的黑刺灌木，零零散散，摇晃出日子的散漫，父辈们在那一抔黄土下安眠，不管能否感知到我们每次的前往，但燃香、点烟、洒酒、递茶、进献食物、焚烧纸钱，而后是磕头，在一挂鞭炮的爆响中，三三两两离开。

我们的前去，令那方供亲人们灵魂歇息的地方霎时热闹起来，叽叽喳喳，吵吵闹闹，大人小孩，一番忙碌之后，又归于沉寂，只有风声、鸟鸣、虫语……

不管是姥姥的坟头，还是老家的祖坟，或是夫家爷爷奶奶的坟头，不管清明有雨无雨，依照习俗，在节前几日给予的哀思，是无可厚非的，那份哀思是发自内心深处的。

我的姥姥，我的父亲，我离世的父辈们，都会读懂我每次的前往吗？他们地下有知，真的会知晓我的心情吗？

清明过后是谷雨，那些刚柔相济的思绪，会在人间四月天里抛洒缠绵，会让我清醒，会让我对母亲愈加珍爱，会让我对公婆愈加珍惜，会让我安享美好……

第二辑

游走四方

风的远方

初冬，高原上的风，想必是凌厉，能让经幡舞成一首歌，舞成一首诗，舞成祝福，捎向远方。

在郎木寺镇上溜达时，风依旧已不热烈，只是抚弄一下额发，更无飞扬之感。

车飞驰在路上，如果摇下车窗玻璃，风的狂野就显现出了。呼啦一下窜入车内，头是万万不可探出窗外的，那风儿让你够呛，若唇微启，风入口，下咽的速度，令自己吃惊。除了不及下咽，还有噎的感觉。

此时，风就露出本色了。还伴随着呼呼声，扯开旷野上的所有感觉。

在风里岿然不动，安之若素的除了牛羊和马儿，还有藏獒，还有那些牛粪花。牛粪垛作为一种草原上特属，作为一种财富的象征，满满当当的立在那里，越来越多，在主人暗喜的炫耀里，接受过往人儿的注目礼。

大概，草原上最能感知风的，就是车辆。

停车，侧身，看景，才不被风灌饱。

远远看到车驶来，不由地紧缩身子，待那在风的威力下呼啸而过的庞然大物驶过，吸口冷气，略微躲一下，等车跑远，才整装，理顺心情。

马儿吃草，与牛羊似乎不同，至于不同在哪里，我也说不清，就像我们看到某个场面，感觉不对，至于哪里有问题，也说不出。

此刻，下午三点多，阳光还是炙热的，不管不顾紫外线有多强烈，仰脸，让高原的那抹沉静轮回一些意念。

前世的情歌里，怕是这些风，贯穿了我的领地，否则，我又怎会远赴呢？

鹰，盘旋着，就那么几羽，绕来绕去，总是绕不出草原。

想拍照，马儿是安静的，任我们镜头的挪移，它的姿势不变。铁丝网网住了我们的脚步，网内网外，两个不同的属地，各自的任性，彼此对望，竟成记忆。

发丝的乱舞间，无法判定风来的方向，额发忽左忽右，或前或后，要想来一张低眉顺目的照片，真是不易。等候和与风抢景，成为一大开心的乐趣。

待我长发及腰，待我优雅点，在这风的腹地，让感觉统领脚步，似乎很奢侈。索性，让一副太阳镜遮挡一些斑点，遮挡眯眼的表情，有点狂野。毕竟，风让发丝狂舞，什么发型，什么飘逸，在风的面前，都俯首称臣。

索性，让风裹挟，让灵感和诗情在风中奔跑，挥洒自如。

草原上的子民是不怕风的，该干什么干什么，背水的姑娘，永远是那种姿态的草儿，还有牛羊，都在风里定格。

还有什么理由可以拒绝一切呢？

春夏秋冬，风的来去自由，风不停地追赶或迂回，有点像调皮的孩子，也有点老气横秋，更有点我行我素。难道不是吗？

那些沙尘，那些草原的气息，不是被风迎来送往的吗？扎西的脸庞，卓玛的高原红，难道没有风的印记吗？一缕缕炊烟，一曲曲牧歌，因为风的笑纳，有了诗意，也有了故事。

草儿的领地

秋草可劲地疯长之后，在冬季开始沉寂，除了那些冬牧场上，尺长的身板，在猎猎风中，摇头晃脑，成全了牧人微薄的愿望。

那些绿了游客眼睛的植物，那些丰富了牛羊味蕾的植物，那些被牧民奉为至宝的福祉之物，用最纯真的绿，用最脆生生的腰肢，滋养了那些永久的生灵。

记得去玛曲乡下的那年夏天，藏族朋友加白用摩托车载着我，疾驰在那片草场上，只有鸟儿和虫子穿越的圣地，加白让我饱尝了心在草野的美感。

没过膝盖的草儿，腰肢柔软，向我摇晃一些柔媚，细长的茎秆，有点寂寞，又有点寡淡，没有牛儿马儿羊儿的恩宠，落寞似是难免，就是鹰的俯瞰，也少了点底气。那大片大片植物，汲取了天地的精华，用卑微向主人递交三季的深沉。

我尽量把双腿抬高，尽量不弄疼它们，不触到它们的额头。可是，我无法拒绝风的热情，无法让加白放慢速度，只有醉在狂野里。

一路跑过，车后，辙印了无踪迹，所见的，只是一行行被摩托车碾过草儿的来路。像一笔笔斜斜画过的线条，没有笔直可言，其实怎么可能笔直呢？

看似平展，看似齐整，像海一样，那海底有多少的暗流呢？用静水深流比喻一点也不为过。我分明感觉到，加白载着我的时候，他那草原上的车技还算娴熟，可免不了的摇摆，让我抓紧他，免得掉下摩托。

我竭力平抑难言的激动，在摩托车上，享受着一份天籁，接受这草儿的注目礼，也笑纳着藏族朋友的友情。

一个景，一颗心，一份情，就在草原的沉默里。

当那些深绿，在花的芬芳和明媚里，守望算是最好的态度。过眼的景物，牧人的心思，与风一起，丰富了自己。

不见牛羊，不见叶家木大叔和他的家人，在那刻，眯眼，极目四眺，除了草野依旧是草野，草间缤纷的花朵，点缀着。一切容不得亵渎，只有敬畏。

这牧民和牛羊赖以生存的地方，草场的丰茂，就是天赐的福气。

哪个牧民不期望那片领地的肥美呢？哪个牛羊不喜欢那脆嫩的香甜呢？

我若是羊，抑或是牛，也会沉醉，也会贪恋。若我是牧羊姑娘，不，是牧羊大嫂或是牧牛大婶，我对上苍恩赐的草场，一样抱有热情，那一株株的草，是我的生命，是滋养我生活的唯一依靠。

风起，草儿的起舞间，一些悠远的心事飘来，与左左右右、来来回回的摇摆，一并在目光里成诗。

虽然与加白只有简单的交流，但他或许能读懂我眼里的那抹不舍，载着我再度奔跑，再次在草儿的心坎上留下一行行印记。

放眼，草坡居然一块一块，从顶上漫下来，微黑或是暗黄，不规则又极有规则，从山顶铺下来，就像草坡披了一层薄薄的羽纱，在草原上各自成景。

那些牧民，无论四季的哪天，出了帐篷里，就能看到草坡，那该是一种怎样的感觉呢？心安？欣喜？满足？

还有鹰，该是最能体悟的生灵吧？永远在高处，永远在俯瞰，在自己的王国里，超越自我。

草的领地，就是一只虫蚁，也蛰伏成一个故事，在牛蹄窝里找寻季节。

秋草的坚实与丰茂，在冬季牧场尽显大美，也在那里陪伴着牧人的守望……

冰清玉洁尕海湖

无数次从尕海湖身边走过，有时驻足，看天鹅，看水鸟，看牛羊马儿的欢腾，也看游客的陶醉，只是不曾步入那些修建了亭子的地方。

尕海湖的旅游业，其发展在记忆里有迹可循。多年前，没有亭子，就那样接受着路人和游客的赞赏，接纳着游客的惊呼。渐渐地，有了亭子，有了栈道，有了“尕海湖景区”的几个大字，甚至有了刻有“尕海湖”字样的大石块。

每次路过，一番惊叹，那些丰茂的水草，那些悠闲的精灵，都用安闲，打动了每一位奔赴在路上的行人。

除了冬日，春夏或是初秋，草原的唯美是大家有目共睹的，而我在初冬的抵达，似乎有点不搭调，可尕海湖却给了我冰清玉洁，给了我一种从未有过无法言说的情愫。

见过刘家峡库区的人，对于尕海湖似乎没有感觉，然而在西北高地的草原深处，有那么一个湖，多么珍贵。尽管看上去湖小了，湖边的空地上几匹马儿在吃草，距离拉开着，相互不挨边，牛儿在远处，离湖近，其实就在湖边。草儿灰黄的地方，浅浅的灰黄，被踩踏或是没有草的，则是微微的黑。边上的民居，杂沓的感觉，唯有那些栈道还清晰，线条有棱有角。

下午四点的阳光下，湖面有点波光粼粼的感觉，那感觉是错觉，湖面结冰了，没有天鹅，依稀的白色中，看似反卷的浪花，与露出地面的灰黑色叫板一般。天是湛蓝的，没有一丝的云朵，仰望可以随心所欲，不再那样刺眼，除了大风。

车子朝着玛曲的方向行驶，放慢的车速，让我近乎贪婪地注目尕海湖。

我在铁丝网外，尕海湖在网内，但铁丝网无法阻止我的热烈，一个缺口过去了，在一个更大的缺口前停下，深呼吸，走向尕海湖。

一个接一个的小土堆，告诉我草原鼠的猖獗，一个个洞口裸露着，周围的土与近旁的截然有别，带点下坡的感觉，不似在草地上的行走。

与湖近了，一股腥味随风而来。还在纳闷间，脚步已入湖边。细看，那些黑色的丝状物，那些踩上去松软的地方，原是在日光下风干了的水草，它们依旧稠密地依附着。浓重的腥味间，那些冰层的厚实，也显现出来。

冰，竖着，立着，横着，像浪花，翻卷起一道冰凌，斜斜地伸展开去，短短的海岸线一般，可谓独树一帜的美。不知该惊叹还是怎样表达一种感觉，我唯一的方式就是远眺。

冰是睡着的水。

我还是惊扰了，怕踩上去，哐当一下，冰碎裂，所以还是蹑手蹑脚，尽量让自己显得轻一点。薄冰处被踩裂，而更深处，我就是跳，也没有丝毫的裂纹。那么厚实的冰，那么多的冰，承载我是不成问题的。

我十指挨着冰，冰凉顷刻传来，双手离开，指肚灰黑，沾染水草的丝丝缕缕，以及天地间的灰尘。冰上也有一些灰尘附着。这来来回回的风，这来来往往的车辆，这草原上的灰尘，依附也是情有可原的。

索性，我将整个身心与之深度接触，盘腿坐在一块冰面上，双手合十，惯常的动作，一点也不像不惑之年的女人，倒像个男人。

穿得厚实，等到一股凉意传来时，挨着冰的衣裤，洇湿了一大片。我没有丝毫的懊恼，体温已经融化了一点浅淡的冰面，在我巨大的热情里，睡着的水再也无法安稳了，南柯一梦间，它们怎么也想不到，我的突然造访，令它们束手无策外，还拱手相迎！

风来了，我于再度的张望中，离草原越来越远了……

冬日驻足郎木寺

一

过尕秀，远望着尕海湖，径直奔向郎木寺。

郎木寺作为一个旅游胜地，有着东方小瑞士的美誉，吸引了许许多多的男女老少，一入夏季直奔而来。尽管去过两次郎木寺，我依旧被它吸引。况且又是初冬，心境是不一样的。

在奔赴的路上，熟悉的景致一一被扔在身后。景区的牌子，以及手机短信，提示我们已经步入四川省的地界。然而，郎木寺的两座寺院，以河为界，一侧的属于四川，一侧的属于甘肃。不管属于哪里，镇子因为两座寺院而蜚声中外，成为向往之地。

与拉萨相比，与我所走过的一些小镇相比，郎木寺的变化是显而易见的。酒吧、客栈、餐馆，毕竟没有可比性，可是在高原上，一个可供人们心灵歇息的地方，可供灵魂升华的地方，小又算得了什么？

小镇已经习惯了繁华与寂静，不管是旅游旺季还是淡季，总是有人顺着心的方向，来到此地，喝茶，看景，晒心情，任性到极致。

我们也是任性到极致的人吧？就在与 2014 挥手的一天，奔赴显得尤为温馨。

镇子显得懒洋洋的，大概还沉湎于美梦，而早起的人们，已经在做每天的功课。转经筒也接受着那些功课。

顺着脚步，步入甘肃的寺院。阳光撒在身上，温暖，风也不大，寒意无法避免，慢慢行走。村社、寺院、在松树间，在阔远里，恬静。转经筒的人们，按部就班，一样都不少。喇嘛们少见，大概在经堂念经，外地的游客，三三两两，与我们擦肩而过。

很喜欢桑烟的味道，所以贪婪地闻着。一些人向天葬台那边去了，看那模样，有的是回家，有的大概是去天葬台。红嘴乌鸦盘旋着，呀呀地歌唱着，一点也不嫌累。山上的那些松树，守卫着寺院，守卫着僧人。高大的松树，成为一景。

光影间，蓝天像一张网，网住了树下的一切。一棵棵，既有间距，又有空地，松针散落一地。

站在高处俯视，不管左侧还是右侧，不管正前方还是某个角度，沿山形而建的僧舍，寺院经堂，及诸多的建筑物，都在眼前有层次地排列着。

对面，地处白龙江源头的河，细小。炊烟依旧飘浮着，雾色笼罩的山峦，树木，以及山上零星的雪，在阳光的背阴下，呈现出微微的暗色。

云朵起床了，开始了游移，一团一团，一朵一朵，一丝一丝，或浓或淡，或浅或深，或多或少，聚散间，像撒开的花朵，就在头顶铺开，一层一层，一圈一圈，漾开。

高原的阳光，热烈起来，刺眼是不可避免的，就在刺眼里让皱纹都更开心些吧，依旧仰望。林梢间，一团棉絮一样的，既快又轻的云朵，在我的仰望里快速飘过。

目送云朵的飘移，眩晕间，将仰望草草收场，继续远眺。

就在郎木寺的不大的松林间，就在松林里，尽情地眺望。

桑烟前前后后，高高低低地升空，错落有致，将一个小镇的清晨，用炊烟和桑烟，讲述美好。

时间一分一秒地过去，阳光愈加热烈，一上午在眺望里，在喇嘛们的行走间，在乌鸦的叫喊里，在松林的安静里度过。

在那里，只遇到了不超过十位僧人，他们要么从经堂里出来，要么出了寺门，要么去小卖部，匆匆，不曾停留，总是低头走过身旁。有的在看手机，有的若有所思，有的张望，无视我们的行走。

下山，在转经筒前的空地上，三两只乌鸦悠闲啄食，几分钟里，又飞来几只，落地，也参与其中。一辆车的驶来，打断了它们的进餐，呼啦啦，那些红爪缩着，飞落檐角，不停地呀呀喊着。

不管是习惯了呀呀，还是对于它们的干扰呀呀，唯有呀呀，是仅有的语言。

二

时间过得真快，已到午间。于是，出了寺院，过桥，向着四川寺院的方向，在一个伊清斋饭馆里用餐，歇息。

餐馆老板一口纯正的甘南话，从口音我们猜测他是临潭的。的确，他的老家在临潭，而在郎木寺镇，他家几代人是坐地户。健谈的老板，藏语说得极为纯正，来吃饭的喇嘛或是藏族人，叽里呱啦的藏语，交流一点也不难。

老板是个精明的人，有餐馆也有宾馆，结识了不少游客。餐馆的墙壁上，贴满了驴友们的评价，韩国、日本、伊朗的游客也留下了手迹。五湖四海的游客，评价不一而足，说酸奶的，说大盘鸡的，说面片的，说手抓肉的，说服务态度的，五花八门。有一幅漫画，尤为显眼，是给老板的速写，很像，细看，几行日文，不知所云，但能猜到，因为老板的毫毛都被速写得有板有眼，浓眉大眼，还有夸张的胡髭，很像。

寥寥数语，老板就把两座寺院的大小，僧人的多少，游客的云集，旺季的热闹，描述给我们。令他最为得意的，怕是他最好的收入一天就是万元，来写生的学生们一住就是一两个月，但对学生们收费少，因为是学员定点的写生地。

真是佩服他，坐在高地，结识着南来北往的游客，藏语、阿拉伯语都说得流利。有个老外，是他的常客，要么在他的宾馆，要么在别处，好几年来如此。一个月或是两个月，都在郎木寺度过美好夏季的时光。

我能想象到那些游客们的安闲，喝咖啡，吃藏餐，呼吸着新鲜的空气，在白龙江源头的峡谷里，寻觅，躲避城市的喧嚣，是否有陶翁的淡然呢？

或许，那是淡季里的安闲，就像此刻我们的安闲一般，没有游客的吵闹，更无熙熙攘攘，更多的空间和地方让我们肆意享受。

我还打趣老板，把我也当作一名写生的学生，与他们一样对待。

他含笑不语，片刻后，说夏天山上五颜六色的花开了，风景美，宾馆、客栈都住满了人，房价贵，有时一晚五百多，有时根本没地方住，尤其今年。就是预订了的，房价也便宜不了。

一个小镇，在冬日有点冷清，繁华过后，便是沉寂，而后又是繁华，那些客栈，那些宾馆，那些既有汉语、英语和藏语招牌的小店，为匆匆的游客，给予的温馨，该是小镇的态度吧。

阳光正好，微风里，向着白龙江源头的峡谷方向，径直走去。草地上，一些雪没有融化，固执地让灰尘落满。

峡谷口，两三个人向里走着，右侧壁下有六字真言的玛尼石，也有经幡，但显眼的是，如一道桥扯着的经幡。何须用桥呢？两根树桩横在河上，就是桥。

还没细看景致，一头头牛儿从峡谷里晃出来了。

为首的牛儿，步子慢吞吞地，独自哼哧哼哧，其后，三三两两，过河的，上河堤的，紧跟的，散漫的，使画面一下子生动起来。

五色的经幡，高大的松树，干枯的草儿，崖壁上姜黄色的苔藓，河间奔流的水，边上树枝沾染的冰挂，河里石块上的冰层，以及还绿着的水草，让冬显现出与众不同。

在无法描摹的色彩里，牛群就这样涂鸦着景致。我着一袭红衣，热烈地靠近峡谷，沿河而立，怕惊扰牛群，怕惹恼它们，尽量放低姿态。我不敢多看几眼，不敢看那坚硬的牛角。也赶紧把兜里的一把牛角梳子捏紧了，生怕被眼尖的牛儿看到。

真是不敢恭维自己，看到敦实的牛儿，捏紧牛角梳，细想，大概还是心存敬畏吧。

约莫十几分钟后，牛儿身后，才晃出两个人影。一个身着藏青色藏袍、浅蓝色水磨牛仔裤、白色旅游鞋，与同伴的着装，唯一的区别就是藏袍。天蓝色的羽绒服，紧身黑色休闲裤，脚底居然也是一双蓝色的旅游鞋。不知该怎样评价，他们是牧人吗？

我的疑惑显出我的无知。分明就是，着藏袍的小伙子，身后背着行李，极为简单，两根手腕粗、近两米的木棒，暂且叫木棒吧。木棒上的被单与被褥，一起捆着，在身后，他右臂套在绳套里，左手握着绳套上方，双手拽着背上的行李。

他们只是跟在牛的身后，步子时大时小，大概，他们要回家了。

目送他们与牛群的远去，目光又被一些人拽去。

一位老太太，右手拄着木棍，和一位年约十岁的小喇嘛，跟一个年轻男子，过河。那两根木桩搭成的桥，由于沾水而行，局部结冰了，踩上去须小心翼翼，否则会滑入河里，尽管水流不大，但毕竟是冬天，掉进去可不是一件好事。

他们前前后后桥上了。老太太颤颤巍巍，木棍伸进河里，慢悠悠而过，左手还提着几个大饼。小喇嘛也是，他把僧袍重新搭好，依旧左手提着塑料袋，袋子里的依旧是大饼。只是那青年，手里挂着一串念珠，大步流星，跟在他们身后。

我疑惑，是一家人还是同行者？琢磨了半天，也没有猜出。

他们过桥后，在一个崖壁下的水里，撩水在额头蘸一下，或是擦拭，小喇嘛还洗了脸，并在额发上擦了一把，湿漉漉的。继而，前行，又在河水里撩水蘸额，老太太还喝了一口。

一股凉意袭来，我打个寒战，揣想她是如何咽下那冰冷的河水呢？

之后，他们又过桥，到另一边的崖壁下，有着六字真言的地方，额头紧挨一下，念念有词地离开。

小喇嘛的腰身是直挺的，与那青年一样，而老人则是躬身的，她的腰板已被岁月折弯了。那刀刻一样的皱纹，横在她的额际和脸庞，还有她的那双手，粗糙，指甲和纹路里的污垢，并没有被河水洗净。他们原路返回了。

我们过桥，木桩的结冰处，以及凹槽处，冰层极厚，踩上去滑滑的，要么伸开双臂，掌握好平衡，快速走过，要么亦步亦趋，踩稳了，慢行。河面不宽，但少了那两根靠拢的木桩，该是不行的。

刚过了桥，一些羊儿呼啦啦地从峡谷里出来，左冲右撞，那是草原上特有的羊儿，头小，角大，头和颈项黑色的居多，背上有印记，角上也涂了红色。虽然是呼啦啦的，一百多只跑来了，但凭那记号，就知道是一群。我找不到头羊，看着都一样的，除了大小不一。它们散在河边，也不过河，似低头找寻，边走边找，有的还上了高处，站着。后面的羊儿继续向外喷一般，陆陆续续跑来，我挪了挪位置，在几十米外的方向，才看到一个男子，跟在羊身后，信步走着。

羊儿开始乱哄哄，我随便点了点，眼前的就有两百多只，估摸全部该有三百多只。在峡口一下聚着两三百只羊，还是比较壮观的，与先前的牛儿多了一些温暖的感觉。

三

牧人，该又是回家的吗？他渐渐走进，没有穿藏袍，棉衣牛仔裤大头鞋，左手插在裤兜里，右手握着什么没有看清，羊儿散在那里，上上下下，乱糟糟的。他经过身旁，径直向前，几步后，站在略高点的地方，仰头一个口哨，奇了怪了，羊群立刻安静。很是吃惊，那些羊儿居然那么听话，也不跑了，都仰着脖，朝着他的方向，站着。约莫两分钟后，又一个口哨，羊儿开始挪步，过河。

我愣在那里，直到一位穿藏袍的女子走出峡口。她戴了口罩，双手拉着背篼上的绳子，背篼里有一节两米多长的烟筒，边沿有点破旧。我向后靠靠，让她走过，与她打招呼。她听懂了我的话，点头，回应我，说回家，羊儿全是她家的。三言两语，她走过去了，身后的背篼虽说不大，但占满了她的脊背，背篼里还有的东西上罩着塑料布，并五花大绑的，绑得很结实。

羊儿都过了河，一只调皮的，在桥上没走几步，就跳入河里，大摇大摆地过去了。那男子，背着手站着，没有过河。直到女子走近了，他们也没有说话，过桥。他在前，女子在后，松了左手，右手握着绳子。男子在伸右手拉着女子的左手，不紧不慢地，算是过了河。之后，松手，一前一后，又各走各的。

河一点也不安静，也没法安静，除了流淌的水，总有抱着信仰而来的人，还有位女子，拿饮料瓶装满河水，走到他们都用额头触摸的崖壁下，绕着崖壁走了。

我们才开始慢悠悠走着，没有牛羊，没有牧人，踩着大石块，小心翼翼，唯恐滑入水中。结冰的地方较多，两侧的崖壁光秃秃的，崖底挨着河水的地方，几层苔藓绿着，与河水的清冽，相映成趣。

河间，一些水草绿绿的，能看清几片叶子的饱满，圆润，映在流水的心坎上，在石子间，自成一景。也有大石块，雪落后，结冰，明亮明亮的，洁白，透明，晶莹，表层淡淡的雪意，底层厚实的冰，又是一番景象。

我们放弃继续前行，驻足观望一番，欣赏，而后折返。其间，有两男一女，三人向着峡谷深处，向着白龙江的源头而去。两人两手空空，女子是外国人，穿着卫衣，黄发，白皙的肌肤和高鼻梁深眼窝，愈加漂亮。两位男子，一位是藏族，年龄偏大，一位看去是学生的模样，背包不大，单反相机挂在胸前，一大一小，两个。藏族男子手里一串念珠，脖颈戴着珊瑚的装饰品，沿河，沿山路，滑滑擦擦地走进峡谷，转眼不见了。

真是佩服他们的勇气。为了找个日后再去的理由，趁着感觉正好，趁着阳光正好，我们的退出，也最好不过了。

又过桥时，不像踩过那般紧张，还夸张地舒展双臂，做着夸张的动作。我分明感觉到脚底滑滑的无奈，尽量蜻蜓点水的过去，但是我做不到，我上百斤的体重，只能让感觉轻盈，内心尽量轻盈点，此外，依旧踩稳踩瓷实了，才过桥。

我的夸张，让桥边的一位老喇嘛看到我的样子，似笑非笑。我傻笑着，笑自己的夸张。而他与我们搭讪，问我们来自哪里，干嘛不到沟里去看看，沟里的风景好，是白龙江的源头。我听清楚了，他管此地叫大峡口。我连声道谢，而他努力挤出一丝微笑，撩起僧袍，蹲在河边，洗手洗脸。

我站在一旁，看他的举止，不吃惊也不觉得奇怪。他与那些人不一样，没有过河，没有上桥，只在河边洗手，洗脸，而后，又搭好僧袍，擦掉脸上的水珠，朝着先前那些人朝拜的地方，又用额头触摸，他的念念有词是显而易见的，没有掩饰，无所顾忌。

出了峡口，视觉一下宽展了，郎木寺的金顶隐隐约约。只有一个转经筒在木造的房子里，随着铃声，哐啷哐啷，有节奏地响着。

带点灰黄的松树，枯枝的灌木，深浅不一的雪地上的足印，以及水底的水草，边上的枯草，让暗淡显现生机。我无法想象，夏日里的喧闹里，河边是何等的热闹。

伸手，想让那冰河彻骨的凉一下我的肌肤和感觉，相反，水并不凉，但没有温热，洗手，也算是让心灵得到净化。

放眼，西侧的红崖，在冬日有点浅淡，失了雨后的那抹嫣红，灰塌塌的草地上，设若绿草红花此刻争奇斗艳，该是怎样的一番景致呢？民房，修建得紧凑，一户挨着一户，两侧都有苍翠的松树，肃穆的感觉，转经路上，一位藏族妇女，走姿与所见惯的没有多大区别，右手举着经筒，一串念珠在左手间。

一条河，让小镇活泛了。

沿着一条路，绕过僧舍。在大经堂前，站立，那些辩经的喇嘛们，或站或坐，对我们的观看见怪不怪，没有人看我们一眼，专注至极。跺脚，击掌，质问，回应，嘈杂极了。听不懂他们，但不影响观看，光凭他们的眼神，他们的神态，他们的喜怒，也能猜到双方的心境。

在此起彼伏的辩经声中离开，作为驻足的收场，算是最好的态度吧。

风来了，我再度张望，离郎木寺越来越远了。

徜徉在青稞架

天气真好，打开车窗玻璃，风开始不安稳了，不是缭乱头发，就是捎带些牛粪味道。突然，那些被青稞架吸引。

其实，多次去甘南，不管途中或是乡下，都见过青稞架，也知道其用途。而真正被吸引的一次是云南的香格里拉，那些不管是为旅游还是为实用的青稞架，扰乱过我的思绪。说来也怪香格里拉给人的感觉就像在甘南。不管是哪里，那个个青稞架，搭建起我的诗意空间。今天，再次见到，心怦怦直跳，在夸张的喊叫里，停车，徜徉其中。

师父也被吸引，加上给他讲听来的笑话，他也甚为好奇，说坐在飞机上，看去真像导弹。

谈笑间，那些伴随青稞架的人家，显得与众不同。

此处的青稞架，真与众不同。低端是水泥杆，细看就会发觉，架子是绑在水泥杆上，大概是为了牢固耐用。有些细心的人家，只是让几个水泥杆杵在那里，架子拆掉了，或许是当年没有青稞草可搭，或许是牧草种得少，没有草可搭，纯粹没有搭架。或者，当年养的牛羊多，早吃光了。为了延长架子的寿命，拆下来，减少风雨的磨蚀。有些架子上，还搭着草，几只牛拴在跟前，绳子长的话，可以偷吃几口。

我们眼里的麦场，集中搭建的青稞架，横着竖着，中间空开，细看，一些草真是牧草——燕麦草，拦腰搭在那里，自从上架，经受风吹雨打，似乎很舒适。真像图书馆里的书，一排排，一行行，井然有序，命运全凭天意。

横着七根或六根，竖着的就多一根，不是七根就是八根，竖的比横的粗好多，而且竖的要长于横的一大截，要不乘飞机的人怎么把青稞架误以为是导弹架呢？

那该是个技术活，难度于我而言很大，就像一篇文章，泾渭分明，主次突出。文章可以改，但青稞架搭建之初，就突出实用性，而且几乎无纰漏，否则，费时费力搭上青稞草或牧草，全部掉下来，砸着人不说，又浪费时间。

有些不言而喻的友好，充斥在青稞架间，彼此友情的维系，突出在小事小物上。猜想，上青稞草或牧草，那阵势该多大啊，多少双眼睛注目，多少颗心期盼，那一架架立在一起或是各自为阵的事物，寄托了多少希望。

我也猜测，草原上谁家的牛粪垛多谁家就富有，那么以农为生的藏寨，谁家的青稞架大，谁家就该是富裕的。

我的猜测不管出于怎样的角度，那些清晰可见的青稞架，连同记忆里的牛粪垛，堆积的画图，该有多么美妙和祥和。

站在路边，端视那些青稞架的安静，一头骡子驮着耕田用的东西，踢踏踢踏地走来。背后跟着一位藏族阿姐，背水一样，背斗里装着犁，右手扶着肩头的榔头和一些农具，步调不快不慢，看不出耕田后的疲惫。因为她戴着口罩，我看不清她的表情，但经过我时，她的眼神显得恬淡。那头骡子也许怕生，经过身旁时，加快步伐，并拐进一个巷道，它的主人也没有呵斥骡子，想必骡子不会走错道的。

步行一会儿，一个看似普通的巷道里驶出一辆摩托车，驾车的小伙子年轻，载着他的同龄人，在春天里上路。我不知道他们去干什么，但从他们车载的音乐里，能感知他们年轻的心。

我站在一户人家前，看一些人砌砖墙，如果那些男男女女们不出声，单从穿着看不出是藏族还是汉族。忽然，一辆越野车在我跟前停下，我后退几步，没敢仔细打量，假装看那些人。开车的男人，下车，按一下遥控器，车咔嗒响了一下，他随即将车钥匙挂在腰间，取出一串钥匙，去开我跟前的那扇门。还以为是路人呢，原来是村里人，经济状况不错，算是富人。我心里嘀咕半天。

一些老人们，坐在一个小卖铺前，不时抬头看举着相机的师父和我，交谈几句，而后归于他们的娱乐。我没有上前去看，他们是在下象棋还是玩其他的游戏，但他们的安闲里，映射出春光的美。

斜坡上，打扮得像我们乡下新媳妇的女子，边走边打手机，满脸笑意。我听不见她说些什么，但她甩来甩去的左臂，以及头上粉色的帆布帽子，不时瞅一眼身旁的两只绵羊，她藏在内心的秘密，怕是只有那两只羊儿知道。

一位穿着袍子的大妈，头发花白，门牙脱落了，肌肤倒是不黑，胸前的一串念珠上挂着两把钥匙，两只臂膀落在藏袍外，右手的塑料袋里装着约莫一斤的酥油，走姿端正，一点也不像我记忆里的许多藏族妇女，弯腰，屈身。她看到我在注视她，似笑非笑，露出的两颗门牙，衬托出掉牙后的牙床。我也浅笑，我不知道她是在对我笑还是她的表情原本就那样。她走过，我听见她的喘气声。侧身，她的两只辫子拴在一起，很长，一直到腰部，但没有姥姥在世时的长。

我突然想起了我的姥姥，她老人家也有两只长长的辫子，比那位阿奶的还要长……

不知多久了，有些累了，才上车。就在那晚，我写下一些文字：

特殊的秒针，左右避开青稞架的刚强，直上云霄的意愿，划开青稞的金黄，牧草的疯长。

向上，再向上。接了地气的韭菜，在葱绿里苍凉古老的城墙。

一头驮了麦种的马儿，领着青措吉的目光，肩头的铧，收割麦香的淳朴。赶路的心，描出的青稞架，士兵一样的站立，搭建起沉甸甸的秋。

换个姿势，量一下阿奶念念不忘的祝福。风扯起的祝愿，嘈杂出男人们下棋的快意。

那样的蹲坐，掏出一个满不在乎的正午，懒洋洋的手势，团成一个365天的线团，编织与其无关的路过。

水泥杆拒绝了一切假设，柱顶石一样的坚决，托着扎西手心里的一座暖房，飘出奶茶的深秋。

桑烟，再度旋开一个绿油油的春天，伴着梦的追赶，在我生命里独一无二的四月，唤醒了一个与姥姥有关的回忆，一个与大美青海相关的记忆。

漫步营盘山

红柳嫣红，为光秃的山坡增色。南方满目苍翠，花团锦簇，而大西北一片灰塌塌，显现出无尽的荒凉，唯有红柳，装扮了心情。

阿拉善左旗的人，步调缓慢，车也慢，我心也随之慢了。地广人稀，诸多的玩石店，以及灰蒙蒙的天，对于阿左旗的感觉，很是复杂。

在营盘山，一株松树根部，一根水管，针孔冒出的水珠，遇着寒风，凝结成冰，散结在松针上，成为我眼里独有的冰挂，晶莹，剔透，虽冷，但心一下子晶晶亮了。

恍然间，身上落了一些白色的飞花，以为是絮状的植物，在风的张扬里，起初一星半点，之后有点纷纷扬扬，落在肩头、发梢，也钻入脖颈，凉飕飕的。

天蓝，云白，清冷间阳光淡淡普照，在山顶上，借着经幡，白塔的白，与云朵一样的纯洁，相映成趣。只不过，在纷纷扬扬里，像太阳雨一般，阳光有些清冷，雪花兀自飞扬，不过半个时辰后，云儿换装，黑压压挂在头顶，阳光藏起来了，丁点的暖意没有了。云朵来的感觉，在初冬清早那样难得，有点纳闷与不解。草原上的云朵，看似幻漫，也高远，而在阿拉善左旗，云就挂在那里，只要伸长手臂，仿佛就能扯下一片，黑压压的，扯掉一片，心里才舒坦些，眼前似乎也敞亮了。

片刻，天一下子灰暗，冷清清里，经幡哗哗又哗哗，缩着身心，依旧在风时而的威武里走着，看着。

野生的植物，芦花一两朵，似在等候。红柳倒是着了迷，逆着日子生长，一种浅浅的黄色晕染下，与近旁微褐色或近深红色的茎秆，凑到一起，竟成浓缩版的小丛林。那种透明的质感，也可与胡杨林叫板。

一些梅花一样的红果，点点开在枝梢，无叶子的陪衬，反而喜欢，隐隐的喜欢。物以类聚，拥着时光，独在一隅，或是闪在一旁，不管寒风如何肆虐，红果执意地在枝头落英缤纷，不知其花儿又是何等的艳丽或是芬芳呢?

高处的高高在上，低处的自得其乐。一棵松塔满身的松树，独树一帜。肃霜之后，主人的心情，写在园中唯一的果树上，等所有的苹果都离枝，入筐，而其依旧果实累累，让园子里叶落满地的凄凉，有了心的游移。那棵树，收园子也好，收季节也行，一个个大小不一，晕染了季节的果色，也满目生香。

思绪总是抛锚，面对松塔，却想到了苹果园。悻悻然里，站立显得有点仓皇。陌生的土地，陌生的景致，居然如此想象，不由哑然失笑。

更可奇的是，像爬山虎的果果一样的紫色果实，小那么许多点，像黑枸杞一样，又像葡萄，凝在枝干上，在无丁点叶片的枝头，低矮地挂着。不知是何植物，个头太矮，不及我的小腿处，细看，紫色的果果，小小的，与红果，与松塔，在色泽，大小，深沉，厚实间，一一漾在眼底深处。

忽然，有了微小的感动。

智者乐水，仁者乐山。我算什么呢？在一片的荒芜里，那些植物，在初冬炫亮了我匆匆的脚步。弱弱地生长，也是一种态度，铅华洗净，生命依旧光鲜。

风起，凉飕飕地直入脖颈。并没走开，站在高处放眼，楼房与平房，错落有致，而楼顶一个个太阳能热水器，排兵布阵一般，挤挤挨挨着，局部的红色，宛如楼顶盛开的花朵，顿生一些亮丽。

下山，漫步离开。

秋望胡杨林

那枝梢流动的秋，大概用望，才会体悟吧。否则，为什么除了听秋外，还有望秋或是秋望呢？秋望也好，望秋也罢，在金塔的胡杨林，我将自己抛入秋的妖娆与魅惑中。

不过，我并不是一直爱秋的，只是而立之后，开始喜秋，到不惑了，依旧恋秋，一点也不倦怠花相似景依旧人渐老的秋。将身心彻底扔进一种彻底的喜欢，是否叫作执念呢？执念就执念吧，总之狂热于一种执念，就像写作习惯一般，白天行走再累，到夜晚总会将只言片语记录在纸片上。那应该是心的记录，是执念的记录吧。

如此时的心情，平抑很难。好几年里，念念不忘胡杨林那抹金黄的秋意，那抹“碧云天，黄叶地，秋色连波，波上寒烟翠”的凄美。“活三千年不死，死三千年不倒，倒三千年不朽”的胡杨，冥冥中轻声叩问我的生活。

其实，胡杨林里不全是胡杨，红柳、沙枣树，与胡杨相映成趣。阳光穿透树叶，摇曳出一抹明媚的光影，与湛蓝，与一汪水，洇出妩媚，洇出倔强，洇出诗情，洇出天地，洇出你我。于是，灵魂灵感都被击中，不管叶子还是枝干，都透明出一种绝美。

喷薄的喜欢，在一些芦花一些水湄间飘升，双手合十，膜拜自己，显得有点荒唐。一位提了三脚架的摄影家与一位手举手机自拍的女士，无所顾忌，与我一般，各自选取角度，沉浸在各自抓拍的惊喜中。然后一前一后离开芦花丛。

我依旧在芦花丛中站立，专注于眼前的一汪水，一汪水中的倒影。突然，镜头的水中摇曳出款款的女子，墨镜遮了大半脸，五官耐看，白帽紫巾黑裙红包，飘逸的长发，在水中影影绰绰。多美的人，我赞叹着，移开相机细看。那步调，那姿态，那神形，淡然随意。我左顾右盼找寻摄影家，寻其不得，才晓他们是路人，还以为他们结伴而游，孰料他们是过客，是胡杨林的过客，撷取美景后，自行离去。

好美！我不由赞叹。“女人说女人美那才叫美。”一位游客路过，也肯定了画面中的美感。“好有感觉，好有味道”……除我之外，还有女人在赞美。

原来，美不用刻意、不用掩饰，就在身旁。

不知雨巷诗人是否会有这样的遇见，世上最美的女子，该是在这样的陌生里夺人眼球吸人耳目的吗？而她，脚步依旧，不曾凌乱，那抬脚迈步的优雅，居然那般好看。好生羡慕啊。

她却浑然不知，在我及几位游客的驻足下、目送下离去。水中少了可人的影，似乎少了生机，无影之前并不觉得，而少了一个灵动的影，居然有点暗淡。

是心情黯淡了还是景致暗淡了呢？这世间，是否有人气而一切才显得活泛了呢？可是，少了彼此的呼应，又是否有点平淡？万物生长，与人一起灵动，该是最美。

悻悻中，收回迷离的目光，接续欣赏。欣赏是心的放逐，是自我释放的美感。多么希望没有曲解欣赏一词。

放眼四望而看，秋霜过后，那枝梢的绿意才会镀上一层黄意，只是我赶早了，那缕黄意还没有给胡杨林整场上妆，只是零零星星的，给赶早的树叶镀色。

终其一生，踽踽在秋色，该是豁达还是别的？不想细究，只想品味当下，望秋与秋望，都显得不重要了，重要的是心有向往，有热情足矣！

耐热耐旱耐碱耐涝耐寒的胡杨，可谓是神奇的树种，风沙造就了其特性，而更为神奇的，置身于大漠沙海，形成沙漠森林的奇观。

师父所言的南疆胡杨林，作家杨献平的文字里的额济纳旗，摄影家的美图，让我对胡杨林念念不忘。

长椅，安放于树下，落座多么安然。仰望，一些胡杨高大，生长喷薄，大小不一，彼此对望，相视一笑于他们最合适不过了。有些叶儿已与沙漠大地亲密接触，匍匐的姿势，看了有些心疼。但那或圆或细的叶子，与那油画一般倒影于水的金色相比，居然也有一丝淡淡的美。

捡拾叶片，一枚，两枚，三枚，叠在一起，锯齿状的、尖叶状的，有了比较。说存在是合理的，那些叶子也居然有了各自的思想，犹如我们的喜好。

忽然有些感动，感动于生命的灿烂，感动于四季赋予我们的美好。当然，还有一点点的敬意，为了这个在金秋的游人如织，那些当年栽植下胡杨或是红柳乃至沙枣树的人，如那树冠一样的高大，如那秋色一样的缤纷了。

“你在南方的艳阳里大雪纷飞，我在北方的寒夜里四季如春，如果天黑之前来得及，我要忘了你的眼睛……”多么走心的歌词。

归后多日，把自己融入张磊翻唱的《南山南》中，且单曲循环许久。南方北方，艳阳寒夜，大雪纷飞四季如春，穷极一生，做不完一场梦。我不知道自己是否在做梦。日子，就在胡杨炫丽的金黄中，有些丰富了……

晨昏之间

刘家峡的太极广场，在晨昏之间，在我断断续续的小住里，从清晨开始的热闹，到黄昏乃至夜晚的喧嚣或静谧，总让我心生温暖，赋予我美好，赋予我一份独到的安宁。

日子，就是这样，看似与己无关又息息相关的温暖里，多多少少的感动，恍惚了记忆。

晨曦里，那些晨练的人，很准时，尤其是练声的人，对着黄河，一声声“啊”在六点准时响起，又长又高，把我从梦中一把拽醒，喊儿子起床，收拾，与他一起出门。

儿子上学，我只是溜达。作为小城的客人，用溜达表示我的散漫和舒心。

晨练真是个具有吸引力的事，广场上退着走的、做操的、打羽毛球的、练太极拳的、吊在健身器材上的，凡是能够让筋骨舒展的方式，都在一一展现，且很有劲头。热闹的晨练里，只有背着书包的孩子们，朝着各自的学校，匆匆而行。

我的脚步，我的目光，总是随着儿子，过太极桥，左拐，直行。穿校服的孩子，三三两两。儿子跟我说球星梅西，说C罗，说足球，而我打断他的话，说学习，转眼也就到了学校。

目送他入校，在众多的背影里搜不到儿子后，才收回目光，返回。

步调慢了，心开始散漫，能陪儿子上学，现在看来很奢侈。因为儿子，由陌生转为熟悉后，不需要我的陪同，他有同学，在上学的日子里，每天彼此陪伴。

穿城而过的黄河，给予的美好，不言而喻。沿河，慢走，目光总是不够用。清风徐徐，垂柳依依，遛狗的老人，在一声声的嗔怨里，目光紧追着狗儿的欢腾。

依栏站立，俯看，竟有几分情趣。河堤下，钓鱼的人，准时到来。两个包，左右摆开，一一取出钓竿，一截一截套好，装上滑轮、铃铛，把鱼线甩进河里，支放在一块石板上。紧接着，又一根支起来了，一共五根，一字排开。我是没有钓过鱼的人，其中的乐趣也难知道。放好钓竿，又从塑料袋里取出东西，我猜是鱼饵，坐在马扎上，看河看钓竿，抽烟，手里的活也没有停。有根钓竿，他似是不满意，起身，收回又甩出去，支好，又坐在那里，不紧不慢。

足足40分钟，钓者的行为，花去了我那么多的时间。而我的张望，惹得路人好奇，也随我多看了几眼河堤和钓者。

愿鱼儿早些上钩，也愿鱼儿别上钩，矛盾里，移开目光，转身离开。

又在桥上，眼际落入钓者，只是模糊。我睁大双眼，揣测钓者的坐姿，他面河而坐，在河边，继续他的喜好。

我也在看河，静听河水，细观河面，让灵感学着钓者的样子，投放恬淡。

斜的方向，滔滔河水，一点也不清冽。大概，上游暴雨如注，令河水浑浊，向西而奔，唯有钓者，心境清幽。大概，清水无鱼，浑水摸鱼，是硬道理。

我的目光一点也不累。踱至桥头，广场上的舞者才陆续而至，前后左右，看齐与否，似不重要，音乐响起，扭开。另一侧，又是一个小团体，也舞着，不一样的音乐，不一样的舞姿，相距不过几十米，各取其乐。

一切在舒缓里。阳光一点一点挪移，“啪，啪。”鞭声传来，又一个打陀螺的来健身了，一下下的甩鞭里，陀螺旋转着，如马儿的奔腾，分外惬意。鞭儿扬起落下，响声传至广场上的每个角落。不停的旋转里，时间悄悄溜走。在时光的纪念册上，一些景致逆流而上，一去不返。

一天，就从广场的清晨开始了，从河边练声嗓的人，从河堤下的钓者开始了，从我的生活一角洇开。

这样的漫步，这样的舒适，思绪漫游后，停在广场一角，迎着风儿的呢喃，眯眼仰望，天蓝云白，一切那般美好。

午间的广场，闲散里免不了喧闹，做宣传的喇叭声不绝于耳，歇息的悠闲，转悠的散漫，令广场与清静无缘，吵闹无法避免。而暮色尚未降临，饭后散步的人渐渐多了。

广场舞引人注目，领头的小伙肚腹微凸，也没有影响舞姿，甩臂，仰头，扭腰，转圈，原地跺脚，柔软轻盈，跳得很是轻松。跟在他身后的大叔大妈大嫂们，用些许的柔软和僵硬，衬托出他的腰肢和舞步。在僵硬和柔软间，也觉得和谐。

一圈一圈，反复又反复。

听说小伙是藏族，天生就会跳舞，学得再好的人，还是比不上他的随意和洒脱。

右侧，溜冰鞋摆开，齐整得耐看，溜来溜去的男孩女孩，纷飞的笑容和喊叫，一点也不影响舞者。

在双人舞场，男女组合，女女组合。奇怪，竟无男子组合，想必，两个硬邦邦的男人，相拥而舞，别说舞者本身有多别扭，就是观者，也觉得好笑。有那么三两舞者，女子衣袂飘飘，梳妆打扮看去很是精心。

浓妆艳抹，红裙飘逸，真如一枝鲜花，娇艳其中。与近旁素常穿着的舞者相比，更夺目。于是，她的舞步是停不下来的，一曲跳毕，即被邀请，她本可以休息一下，但她没有拒绝，一曲又一曲地舞着，看去很是享受。当然，与她跳得最好的，还是她的舞伴，相貌儒雅，彬彬有礼。他们舞步挪移的配合，天衣无缝，起劲，缠绵，看着着实享受。热烈与精彩里，大家的目光，跟着他们，一圈又一圈。

作为观者，也把自己设想其间，也舞得热闹。然而，我终究做不了舞者，注定是个观者。我与其他观者而言，少了酸涩，多了欣赏，没有锥子一样的眼神。

有一对舞者，看去似是退休干部，衣着朴素，像是夫妇。他们不紧不慢，在一侧，跳着属于他们的舞步，一个小录音机，不，应该是播放器，在石椅上尽全力响着。男的耸肩，转圈向前或是退后，肩膀没有放下来，有点像金刚或是力士，看去提肩的感觉不舒服。可是大概他已经习惯了，并不别扭。他们也不管有无观者，兀自舞着。

后来，发觉他们慢慢入场，与大家一起起舞，从左边到右边，从右边舞到左边，过河一样，来来回回。偶尔，他们俩也穿插一下，只是一下，又舞回原地，看似进场了，事实上始终在场外。

在这人世间，在这喧嚣与浮华里，宽容是修养至高的境界。慢慢地，他们也享受其他舞者一样的注目。不过，在我看来，内心的享受，才是最大的幸福。

广场上另一种吸引人的，也与舞蹈有关，那就是乐器演奏。姑且叫演奏吧，尽管只有电子琴和二胡，但喜者很多，围在那里，静听。

一个小男孩，八九岁的样子，起初离电子琴远远站着，而后慢慢靠近，直到挨着琴。他一会儿弯腰仰脸看琴主人的脸，不知他在搜寻目光还是弹琴的神情，所有人的注目礼中，他是最奇特的。他或许好奇电子琴主人娴熟的指法，也伸出胖乎乎的双手，迅速在琴键上按几下，立刻收回。主人也不怒，转眼看一下，笑眯眯的。小男孩胆子似乎更大了，又快速按几下，虽有不搭调的声音喷出，但没有影响电子琴和二胡的合奏。小男孩的举动，引发大家短暂的笑声……

一个个暮秋，一个个盛夏的晨昏，溜走了，顺势而来的季节里，那些舞者依旧用心舞着，我也用心看着。儿子在小城读书的日子，简单而真实，一些心情反复被涂抹，如同那永不停歇的黄河水，缓慢，湍急……

暗　香

有些暗香轻而易举，没有丝毫的准备，纷至沓来，令人措手不及。

冬日，休年假，在刘家峡暂住十日，专心做家庭主妇，一点也不厌烦，反而喜欢浮动的暗香。

这个小城，与所有的城市并无二致，迎秋风、秋雨，不觉间，暮秋里还没有沉醉够，寒冷漫过来了，初冬的暖阳里，暗香躲在哪个角落呢？此时，那一袭黄衣的银杏林，像香山红叶一样，用华丽明亮的黄色，席卷了季节的明媚。我们西北，尽管街头的银杏，还算排场，还算养眼，可哪里比得了腾冲的银杏林呢？那可是一处景致，就像川西的新都桥一样，是摄影家们的天堂。

天堂在哪里呢？天堂是怎样的呢？千回百转，天堂就在身边。

何尝不是呢？每个人有每个人的喜好，感观不一，对美的标准也各有千秋，对天堂也理解不一。

我似乎是个喜新不厌旧的人，去过的地方，多去几次依旧喜欢，没有去过的，心心念念，找寻时机前往。就是一处平常不过的林子，林梢看不到叶子，光秃秃的一片，只有零星还没有被扫掉或是卷走的落叶，昭示曾经的枝繁叶茂。可就是那光秃秃的枝干，就是那树干上的一只只明眸，盯着我的感觉，忽然生动起来，在初冬凸显着异样的美，那些美感在常人看来，一个词“干巴巴”形容很是恰当，可是，在我的感觉里，那样的唯美，令我的心开始柔软起来。

阳光温暖，林梢似乎有些许的芽苞，鼓鼓的，与才离枝不久的黄叶了无瓜葛。相反，萌动间，嫩芽似乎要破壳，似乎一丝鹅黄在闪动。曾经，说起那些，师父说我的感觉让他也似乎看到了一个绿意盎然的春天。

南国，此时如何呢？南国可曾有秋的幻漫和冬的萧瑟呢？那些植物是否羡慕我们西北的一切呢？就是风，也带着四季的烙印，哪会一成不变呢？

这个小城，我极为喜欢。沿河而行，流水、沙洲、浅滩、涛声、鸥鸟、枯树、落叶，落入眼帘。浅吟低唱间，愈加喜欢这个小城。这里，吾儿在读书，他的年少，他懵懂的青春时光，就要在这里留下足迹，我有一万个理由喜欢，有一万个借口喜欢。

一枚叶子，不偏不倚，落在我的肩头，在我来不及的拾取中倏然落下。它在我肩头的轻轻碰触，居然使我有了青春的念想，那些年的匆匆里，一枚又一枚的叶子，夹在书本里，土沉沉的气息，弥漫着，但照旧喜欢。

前些日子，几枚银杏叶子，还从《诗经》里滑落，跌入眼底。来自川西泸定的银杏，在我的书本里蹲守了三个年头，匆匆时光里，日子拧干了仅有的水分，但那华美依旧在记忆里存储，像在博客或是 QQ 空间里收藏的文字，偶尔翻看，欢喜依旧不减。

我的思绪远了近了，似是而非里，我捡起了擦过我肩头的落叶，并在四周挑选着，不顾路人的惊讶和迟疑。

有什么关系呢？我熟悉的小城，有那么多的陌生人；我不熟悉的小城，有好多亲友，这些都无关紧要。他们的相识与否，丝毫不重要，重要的是我在一抹暗香里沉醉，童心还是做作，全然不在乎。

一枚，两枚，三枚，四枚，都是梧桐叶，每一枚都各有特色，满心欢喜外，又边走边看，寻寻觅觅。

这样的漫步里，我举着的叶子，像一朵花儿，盛开在指间，也招惹了一些目光，领略不曾捕捉过的艳羡。我没有戴手套，所以手凉兮兮的，可心热，不感到冷。

一朵叶子拼凑的花儿，枯黄干绿的色，在几桌上散开，又是一番景致。把玩片刻，一杯咖啡，一首乐曲间，那些叶子竟如有了生命一般，无比的诗情画意。我举着一枚，在阳光下，干巴巴似乎有了柔润的痕迹，明亮的叶子边缘，锯齿形像水波纹，漾在斗室。小资情调蔓延着角角落落，落入沙发，左手举着叶子把玩，右手扶着一本书，继续词语间的曼妙，继续一阙词洇开的千古绝唱……

冬去春来，暗香，再度从暖暖中升起……

关山的日出日落

夫说，在关山，晚饭后散步是最惬意的事。

我不信，因为夫是不大喜欢散步的，宁可在房子里歇着，也不喜走路。他虽一再坚持，我还是半信半疑。

去了关山，我才释然。在关山，若在清晨和傍晚，不走走转转看看，甚是可惜，也心有遗憾。

永靖人喜欢说西山东山，该是以穿城而过的黄河界别，夫之老家在河以西，故曰西山；关山乡在县境东部，自在河之东，自然曰东山。

夫是西山人，我姨奶奶嫁到关山，乃是东山人。东山西山，西山东山，贯穿我的生活。

东山西山，以此划分所属。西山之人在东山片上班，东山者在西山片奔忙，忙得不亦乐乎。

关山算是永靖县的高处，站在八楞山顶，兰州西固区林立的楼群一目了然，东乡唐汪川的丹霞地貌映入眼帘，俯瞰，远眺，赏心悦目，心旷神怡。

我亦不免俗，亦喜漫步。尤在清晨的第一缕曙光洒在大地之时，晨曦中走走停停，舒适又浪漫。远离尘嚣，风都带着美好。

薄雾淡然，炊烟袅袅，犬吠，鸡叫，牛哞，羊咩，鸟鸣，与风声伴同入耳，清爽，清新，田园之乐皆在最质朴的轻描淡写中铺陈开来。

陶翁的淡然与悠远，在此刻恰到好处地穿越而至，无论在关山还是他处，乡村的朦胧之美升腾在日出日落中。

信步，继而仰望。天空、云朵、大地、远山、梯田、花花草草，甚至一只走走停停或是撒欢的狗儿，还有啁啾的鸟儿，与在主人鞭下一路小跑向草坡的羊儿，宛如音乐家指尖的音符，跳跃着、欢腾着，渲染着乡村最本真的气息。

我就是一只狗儿、一只羊、一只鸟，甚至是一片云、一缕风，朝着心的方向，自成一幅画或是一章散文诗。

“百合之乡”传奇了关山，关山成就了百合。盛夏的花儿，红艳艳渲染在关山的角落，花开一片，还未看够，花儿就被一朵一朵揪下，或晒干或凉拌，皆是餐桌上之上品。

走着看着，感受光影中曼妙的美，愉悦无比。绕过村庄，走向田野。满目叠翠里的青山分外俊美。山之侧，山之下，拔草、割麦者，各自忙碌。远眺，楼群、村居，点缀着视野，丰富着所见。

一行行排兵布阵的麦捆，凝聚的气息，散发着麦子的味道。

洋芋花开得正艳，黄色的蕊，白色的瓣，淡淡而又独有的美，一目了然的情愫，自成一景，贴切“洋芋花开赛牡丹”的赞誉。

遥望，青山村在上，红楼村在下。

上下之间，横亘的景致，一层一层，一片一片的梯田，胡麻熟稔成一汪香喷喷，迎接远道而来的友人。

抱龙山安然，沿山而下的公路，将山野划开。兰驼车、小轿车，也在描摹忙碌。

曾是那么贫瘠的关山，如今换颜了。20 多年前，姨奶奶那些年的叙话，离开姥姥家的不舍，泪水涟涟一步三回头的背影，依稀显现。

那时尚小，父母说去关山，先要去兰州，而后从西固搭班车到关山，说要翻山，要走很长的山路，方可到姨奶奶的家。

那是多长的路啊？感觉很遥远，父母若去探望姨奶奶，一去最少就是三天，因为远，从来没有带我们去过，我们也没有想过要去。

父母与姥姥，30 多年来，只要提起姨奶奶，就会提起关山的贫瘠，姨奶奶的困苦。至于百合，是小叔在永靖回家时带给我们的，说炒着吃，有营养。

母亲为我们炒过，与芹菜一起炒，我们却不喜，所以百合被忽略了。

永靖、关山、百合、姨奶奶、小叔，组成了对关山的最初的印象，焦渴的地方，山峦叠加的地方，苦不堪言的地方。

后来认识小小说家何其龙、诗人何其刚俩兄弟，熟悉之后始知关山人，同事芯也是关山人之妻，断断续续中，关山若隐若现在日子里。看似毫无关联，却息息相关。

姨奶奶的六个儿女，都是小企业家，与关山的那些大小企业家一样，开创了自己的天地。在兰州购房，移居兰州，成为金城的一员。姨奶奶自然也生活在兰州。

没有想到，夫调至关山乡，生命中与关山的邂逅就此一步一步打开，渐渐还有了步步生莲之感。此关山非昨日之关山了。

一只鹰打断我的思绪，目光随其盘旋、俯冲，脖颈困了，乃闭眼，在风中让想象撑开翅膀，一路飞翔，红艳艳的百合花、蓝莹莹的胡麻花、白嘟嘟的洋芋花，还有山花，白的、粉的、紫的、黄的、雪青的，还有沙葱花儿，都放电影一般，一幕一幕显现。

大地上的万物，就是如此生长。

心不也是如此吗？在一汪热情中喜欢某个地方，喜欢某个人，喜欢某一次的相遇，轰轰烈烈，平平淡淡，与春夏秋冬之时各自盛开的花朵一样，氤氲的是挚爱。

爱是会生长的，一寸一寸地。路也是有爱的，因为爱，路边总有花花草草，总有人影，总有歇脚的地方。

让灵魂停下来歇歇，多么珍贵又多么奢侈。久居闹市，心灵总会疲惫，栖息一隅，心花幽幽地开，如同山坡上的细细草，兀自芬芳兀自繁华，其间的安逸，自会知晓。

日子在风中，拉长一条路，那条路通向关山。

晨起雨落，凉意阵阵，看雨，又成一大乐趣。

起初是雨点，继而是密密的雨帘，青山绿叶即可在烟雨朦胧，若隐若现的远山，静候洗礼。

伫立窗前，听雨敲打窗棂，心片刻安静了，随着雨声，丝丝入地。

一刻钟后，雨声渐小，乃至不见片雨。乌云淡去，山野分外娇媚。雨洗青山，绿意更浓，站立的庄稼，成熟后的胡麻，还有恣意生长的百合和洋芋，与那些树一样守护着寸土，一天天，一月月，一年年。

山野之间，人是渺小的，大河汤汤，如尘埃，飞着、飘着、落着，心之所向。

关山，也美丽着、幸福着、安静着、热烈着。关山人，因为种植百合，钱袋子渐渐鼓了，腰杆子直了，又开始喜于文化生活，跳广场舞、打篮球，甚至举办广场舞大赛。八方的参赛队伍，远道或是近道，都向着关山进发。

关山热闹了，关山沸腾了。

兰州的朋友早早到来，用手机拍下关山的一切。他们对关山是有感情的，两年来的帮扶，也种下了一抹自然生长的情愫，他们的一颗心有了牵挂，就像关山的月亮，抬眼就能看到。

在风中，一场盛大的广场舞大赛，在风中激情飞扬，参赛者、观看者、游客，生意人，将一切渲染的博大了。

逆风飞翔，向着心的方向，向着关山的方向。

如果你愿意，我们走着去……

大墩峡顶的暮霭

忽然来了兴趣，想去积石山县大河家的大墩峡，看看是否秋意阑珊，是否如我想象中的美，是否如友人发在微信上的那般。尽管如此，我还是固执地认为，大墩峡还有更美的景色，在某个山头或是一隅，等候我的姗姗邂逅。

人的一生有一场说走就走的旅行，很是奢侈，我也奢侈了一小把，在休息日奔赴大墩峡。

循着禹王脚步，信步而行，将一颗世俗的心，扔进山林，投进秋色。大墩峡横跨甘肃、青海，群山叠翠，灌木丛生，奇花异草布满山谷，谷底清溪潺潺，流泉飞瀑遍布其间；植物茂盛，景色秀丽，令人心旷神怡。孟达天池就在2千米处，从峡口到景区人工湖，怪石嶙峋，峭壁之上，秋草摇曳。一方晴空，渲染出澄澈的沉静。甜美，自在心间。

一些喜好旅游之人，冠以大墩峡“小九寨”之誉，而我喜欢自有我的道理。虽然有人说我去的有点晚，最美的景色已过去了，树叶都落了，若早上十天，该是最好的。我却不以为然，大墩峡的晚秋于我而言，不早不晚，此刻恰好。

旅游大巴，拉来一些远方的游客。空地上，老头老太太们，一点儿也不含蓄，唱着“花儿”。想必他们来自青海，那些调调明显有着区别。一些拍照者，很是专心，找寻最佳角度，尽情按着快门。一些场景，与我见过的所有景区的别无二致。

撇开游客的安闲与纷乱，对在游客中心处一左一右的山路，思谋片刻，选择了通往鸡腔彩瀑的山径。瀑布与此相距不远，也就 1 千米过点。

竹篮、背篓，挂在路边，独特的出现，在大墩峡收纳垃圾，与众不同的物件，有了古朴的味道。几个亭子，恰当地等候来人小憩，心片刻安静了。

沿溪流而上，山泉叮咚，犹如天籁，响在耳畔，也奔流在悦人的欢喜里。沿松木板路而行，找寻水魅影。落叶满径，秋意渗入骨髓，美不言而喻。

一把木凳，一条木椅，落座，自是惬意。身处自然，水声之处，哗哗奔流，曲折逶迤，一路欢歌，绕石而过，甚是欢畅。

层林尽染，百色秋意，即便世上最优秀的画家，也是无法调出光影中千变万化的黄，那抹树梢或是草尖上舞动的色彩，唯有欣赏，唯有享受。

与水的对白，开始漾在峡谷。

一挂瀑布，因了峡谷的迂回，有了活力和力度，绕过蹲石和草木，蹦蹦跳跳，朝着心仪的地方，向下欢步而流。

欣喜中，喘口气，品赏一番，即乘兴而行。石径路头，延伸出一个板桥，桥下流水潺潺，大小石块，安卧如初，青苔落处，一层绿衣遮石，舞在水中央者，乃是几枚落叶，打旋，与中意者相聚，即可挽手相去。

与我一般，垂爱大墩峡的人倒是很多。三人为伍，五人一群，男女老少，各自成行，无论邀约前去还是旅游网上所幸者，皆在板梯上嘎嘣嘎嘣出欢快。

路左侧，伸出一个小瀑，两三米高，水柱喷薄出哗哗，声响渐大。

一路寻觅，美景俯首皆是。尤为欣喜的，则是秋叶，锯齿形、椭圆形，小的、巴掌大的，林林总总，层层叠叠，铺于树下，别有洞天。

又一潭水，沿峡谷流淌，峭壁处，一树红叶，恰到好处，映衬一挂瀑布，踩在石块上，摇摇晃晃，涉水而过，撩水戏耍，或掬水渴饮，甘甜，透心凉，肺腑舒畅。

一番逗留，折回。野草，岩壁，葱茏树木，高高低低，满眼皆是，美不胜收。

山径渐窄，扶栏仰望，飞瀑之上，峭壁之下，楼阁般的木梯，曲曲折折，迂回婉转，霎时，心头血涌。突闻身后赞美者：真美，那转梯，成了撼心之景。

所赞者，乃一老者，右手扶栏，左手扶镜，仰身观望，深情庄重，时而感叹，时而赞美。

忽然发觉，老者也成为一峡谷中灵动的景，似老来返春的歌者，寻着淡然之美。

飞瀑流泻出壮美，约莫二三十米的落差，眼里流动的水挂，激发灵感。咂摸一会，才知因其酷似鸡的胸腔而得名，虽说名字有点俗气，但不影响那悬挂着的灵动，依旧被摄影家定格，被画家临摹，也钻入寻常游客的心底。

潭水不深，可见底，清冽之水，映出一汪诗情，甚是美妙。

擦肩的游者，此时将陌生甩到晴空，寒暄，搭话。有一小伙，形象极佳，举一饮料瓶，定睛观看。眼馋者不少，围拥，也不错过惊讶的每个瞬间。几粒石子，两尾鱼儿，游得欢快。注目，不是鱼儿，酷似蝌蚪，比蝌蚪大点，两寸左右，圆头扁尾。蝌蚪？狗鱼？都不是，观其模样，估摸是两栖动物，至于哪类、叫什么，不得而知。

暂且唤作鱼儿，拍照，交谈，不觉十几分钟过去，乏气似乎已解，又一鼓作气，登上 12 道百多米斗折蛇行的木梯，眼界又开阔。但板路终止，乃绕道而行。虽难行，意趣犹在。三三两两，喊着号子上来的四五个男人，背后皆背了木板，那是用来修板路的。正在感叹他们的辛苦时，他们身后，一黄衣红巾的女子，也背着板子跟来，呼哧呼哧的喘息，如同她的红巾一样显眼。

一趟，二趟，三趟，一天是七八趟。美景的背后，隐藏了多少像他们一样的艰辛，我实在无法想象。

山路弯弯，一树挂满野果的树种，树干带刺，叶子掉光了，光秃秃的，只剩下黑色的果实，稠密地挤挂在枝梢，犹如一颗颗黑胡椒，又像一颗颗缩水的桑葚，煞是好看。问起名，那是野菜乌龙头，籽粒落地发芽，而数年的生长，就有碗口粗了。

大墩峡树种极多，用保安语说的走马杆、皂角、青桐、扎白等，不知如何去理解，也不知书本上叫什么。大概就是植物学家来了，也要细究上好一阵子，才能弄明白。

一只鸟儿，跃在台地上的林间，黑头，翎微红，喜鹊尾，但又不是喜鹊，未闻其名，却闻其声。难道是《诗经》里的黄鸟吗？“黄鸟于飞，集于灌木，其鸣喈喈。”不管是与不是，鸟儿舞动了一会，亮相几分钟，又振翅而飞。

绕树而行，在中咀沟山巅俯瞰，赤橙黄绿，而景区里的红顶屋，也隐约可见。起起伏伏，高高低低，漫无边际。虽说所站之地尚未接纳游人，但明年开春，此路即可通往湾架瀑布。如此一来，不管从湾架瀑布一路行来，还是从鸡腔彩瀑处逶迤而过，相交是必然的，不走回头路是千真万确的。

歇息，赏景，红叶下，黄叶处，一抹情愫洇开一声声赞叹。

大墩峡被发现的24挂瀑布，只有大小6挂尚可接受大家的仰慕，其余的皆在深闺，等候开发。

感叹中，下山，返回，速度不似上山的慢了，许是想去湾架瀑布再睹另一种壮美，脚步自然快了点。湾架瀑布高80米左右，雨季时宽度最大至15米左右，在大墩峡，在积石山乃至西北地区蔚为壮观，传为佳话。去看湾架瀑布，不需费力，木板路从景区处一直铺设到瀑下，歇息看景的亭台，落座者不少。

5个多小时的攀爬，有点力不从心，有些乏累，所以对湾架瀑布留了些悬念，只行走了约一公里，在傍晚时分返回，作为再去的理由。

暮霭中，喝一口三泡台的盖碗茶，吃一碗浆水面，款待自己，也款待半天的乏累。

保安三庄人，就是这样仰望着大墩峡，注视着大墩峡吗？那些背负过苦难的人们，对于大墩峡的深情，外人是不可熟知的。曾经，从大墩峡背柴背椽子，一日在峡里，一日在家歇息，大墩峡承载了许多美好的愿望，因而对它有着无法割舍的感情。

大自然的美，在于有些人的发现，犹如发现大墩峡之美的马学明。他说，他们曾在大墩峡刨食，它养活了很多人，现在回头看看它，心底里高兴。

高兴了，想法也多了，马学明在1998年承包了大墩峡

4.7 万亩的林地。四处游走得多了，一些所谓的景区，与大墩峡无法相比。于是，从 2013 年开始，一门心思，打造大墩峡。不到三年时间，名扬开来，慕名而来者络绎不绝，台湾、英国、印度及马来西亚的游客，在大墩峡留下了他们的脚步。

曾经，大墩峡藏在深闺无人识，今日却撩开了面纱，以其美姿展示雄浑，还有四千多年前，那个名叫大禹的人，穿行烟雨，或落座，或歇息，或泡脚，或健步如飞，或苦思冥想。那不是揣测，若是妄想的话，又怎会有《尚书·禹贡》中的这些文字：大禹治水“浮于积石，至于龙门”。而清人梁份《秦边记略》也说：“盖黄河入中国，始于河州，禹之导河积石是也。”

所幸的是，就在积石峡里，有禹王石、大禹斩蛟崖、骆驼石、天下第一石崖、禹王庙等许多大禹导河传说的遗迹，使那里更加神秘诱人。

归去，暮霭如烟色，离开时，在心底默念：等到杜鹃花开得热烈时，我一定会再去的。

静默的石海

初冬，天气晴好的一天，温暖的阳光里，积石山县的石海景区，别有一番趣味，景致甚是美妙。

车子驶过景区附近，橘黄色的沙棘果，诱惑着我们，也吸引了一些鸟儿，一些尾巴较长，蓝色的鸟儿，翻飞其间，很是安闲。

停车，带了相机，向鸟儿飞舞的方向而去。

几棵柳树间，一只调皮的鸟儿，嘘嘘几声，从眼前飞过，落在柳树上，无比淡定，俯视我们举着相机张望的模样。

我端视许久，望着那只蓝色的鸟儿，揣测它对我们的态度。可是，没有多久，它飞离枝头，加入同伴们的行列，做着浅翔。

史老师半蹲着，在一棵沙棘树旁，等候一只鸟儿飞过。他的执着，使我对他的敬业精神愈加钦佩。

一只鸟儿滑过，许多只鸟儿滑过，甚至有只欲停留在沙棘树上，或许发觉了相机，似对它不利，未等史老师按下快门，嘘嘘着飞离了。

蓝尾鸟的鸣叫也很独特，不是唧唧，更没有百灵或者画眉的婉转，嘘嘘，似乎让我们保持安静，总是嘘嘘。

在蓝尾鸟的嘘嘘里，史老师一直猫在那里，等候着为他停留的一只鸟。

或许是沙棘树枝刺到史老师了，或许他明白蓝尾鸟给予他的机会太多，而他自己没有捕捉到。

我也试了，但缘于蓝尾鸟一再的嘘嘘，也缘于那些石头的独特，我放弃了近乎蹲守的拍照，注目那些石头。

没有进入景区，看不到鲁班石，但荒草间和灌木丛中，大大小小，形态不一的石头，裸露着最本真的色泽，也把自个儿从夏日的苍翠中释放出来，还原给路人一个真实的自己。

当我沉浸在对石头的默想时，史老师从沙棘灌木丛中走出来了，摇摇摆摆，像只企鹅。原来，他蹲得腿发麻了，头发上也沾了荒草屑。他扶扶眼镜，再次掉头去看蓝尾鸟的飞跃，说要戴顶草帽，爬在那里，当然要拿台好的相机，等鸟飞起飞落时，抢拍的话，绝对会拍出好照片。

我戏谑史老师，说他装扮成稻草人，戴顶草帽，站在那里，鸟儿落在肩膀上歇息，抢拍瞬间，才是佳作。

不过，我倒希望自己是个稻草人，不是站立在田野里，守望麦田的，而是站在石海景区，守望那橘黄色的沙棘果，还有满滩的石头。

只有动物专家，只有专业的摄影师，才会捕捉到鸟儿的精彩，我们是局外人，拿着相机，只是因为被瞬间的美所折服，才会如此。

鸟儿依旧飞着，嘘嘘着。沙棘果也似乎相互打趣，抖落一些笑话。也似乎笑话我们，不好好在家待着，跑到山里。

上车，再度注目，蓝尾鸟依旧翻飞，甚至比方才的更为欢喜。或许是因为我们离开的缘故，它们又回到无人惊扰的安闲。

一直驱车而行，在大峡口再度停车，面对姿态各异的石头，那么本真自然的画面，相机又咔咔作响。

林立的石头，或群居或独处，有的斑驳不堪、有的细腻、有的粗糙，极像人，宛如男人女人、老人孩子。在一个空间里相互依存又独立存在，活脱脱一个石海。

海的宽阔，因为有天空而深沉，石海亦不例外，因为高远的天空，一切很是澄净。

站在一块大石上，背景仍是巨石，坐立，摆着姿势，给自己留下一些记忆，一些往事，也纷至沓来。

鲁班石静静地坐卧着，注视着满目的大小石头，聆听着河水的奔流，仰望着浓绿的山野，目送来来去去的游人和爬上去歇息的过客。

那些石头依旧，或静卧，或站立。我不知它们在此待了多少年，经历了怎样的风风雨雨，见证过多少岁月的变迁。转过来又想，在这偏远的高山，远离大河的地方，这么多的石头，究竟是从哪里来的呢？

不管来自哪里，将来又去向何方。既然是大自然的赐予，岁月的变迁和尘世的沧桑，使游人感慨、疑问的同时，也慨然接受了神秘，相拥入怀。也许生命的航道在悄然改变，寻找本我的安静，就像那静卧千万年的石头，任桑田沧海的变迁，却静静守护着一个不变的信念。

神奇仍将延续，如生命的河流绵延不绝！

许多怪石林立的滩间，有一块三间堂屋大小的石头，就是鲁班石。

童年的时光里，鲁班石在记忆力刷新着岁月，也刷新着积石山县的岁岁年年。

时光老人打了一个盹，我从梳着麻雀刷的黄毛丫头长大了，但对鲁班石的喜欢似乎无多大长进，去也行，不去也无所谓；对其传说也略记一二，只记住了传说里“快来看啊，一滩的石头在跑”的话。

“一滩的石头在跑……”我无法想象，一滩石头奔跑的情景。

尽管无法想象，但从姥姥口中，从一些文史资料中记住了传说。

很早以前，炳灵寺僧侣云集，香火鼎盛。但滔滔黄河割断了南北交通，要过黄河天险，只能靠皮筏摆渡，船翻人亡事故时有发生。鲁班得知，决心修建一座石拱桥，但黄河边造桥的石头奇缺，于是，他骑着神兽，带着干粮到处寻找。一天，他来到积石大峡，发现满山都是造桥的好石料。五月初五午夜，他左手提神斧，右手握仙鞭，运起神功，点石为羊。拂晓，一眼望去，满滩都是羊群。这情景恰被一村姑看到，她大声惊呼：“快来看啊，一滩的石头在跑。”未等喊声落地，满滩羊群竟变成块块石头。鲁班见此情景，一屁股跌坐在巨石上，望着满滩的石头摇头惋惜。他离开后，巨石上留下深深的尘痕，他的神兽和干粮也变成石头，和这块巨石一起向后人诉说神奇的故事。

鲁班，公输氏，名般，鲁国人（今山东滕州人），出身世代工匠家庭，在机械、土木、手工工艺等方面都有很大贡献。传说曲尺、墨斗、刨子、钻子等工具，都是他发明的。

鲁班是木匠鼻祖，每当有人提及“鲁班石”，我的脑海里弹跳出的就是“木匠”，如条件反射，“木匠”之后才会是“鲁班石”，才会是“石海”景区。

记得一个夏天，和同事们一起出游，一起从民俗村去石海。一路旖旎的风光，嘤嘤嗡嗡的蜜蜂和黄灿灿的油菜田，使大家心旷神怡。而我作为积石山人，滔滔不绝地讲述着积石山的美丽，描摹着“鲁班石”的大，也神化着“鲁班石”的传说。

在我的讲述里，大家羡慕地行进。头顶是湛蓝的天空，眼前是积石山长年的皑皑白雪，周身是鸟语花香的美妙时光，一切既富有诗意又令人怦然心动。

站在高处望去，贝壳一样的石头，形态各异，或立或卧，或不知其状，各守一方，与蓝天、白云、牛羊、人群相伴。穿行其间，让人不得不被大自然的鬼斧神工所折服。

喜欢想象的人，瞬间会展开想象的空间，给那些未命名的石头起名，权当是自个儿的杰作。

地上的绿叶和青草间，夹杂着五颜六色的野花，招惹着蜂蝶嘤嗡飞舞。在一片惊呼中，鲁班石定格在眼前。我也和同事们一起惊呼欢笑。

咔嚓，咔嚓，咔嚓。一幅幅精美的照片定格了“鲁班石”，也定格了同事们欢喜的眼眸。我又仿佛听到了耳畔此起彼伏的“咩咩”声和“啪啪”的甩鞭声……

往事如烟，今天的“鲁班石”，初冬静默的石海，让我的思绪也静默。

踏雪民主乡

一场雪，终于在很多人的期盼里，翩翩而至。一切就在雪落的时刻活泛起来。于是，择一休息日，与友人徐晓权等去临夏县民主乡，踏雪，赏雪。

应该说，民主乡与我有特殊的关系（30 年前，父亲从积石山县调入临夏市之前，先在民主乡过渡了近一年）。但是我一次都没有踏入，更不知道去往民主乡的路在哪个方向，这大概是我的悲哀。

车窗外，村庄在雪的温情里，别有清境。如果车上有位画家，想必他会描摹出雪地上的村庄，银装素裹，淡然又恬静。还有那些树梢的雪，与东北的雾凇相比，尽管缺少一些晶莹剔透，却也能让人耳目一新。

逶迤的山路上，雪洁白万物，更洁白了我的诗情。

一些草儿，挺直茎秆，用尽热情，接纳世界的馈赠，以及冬天特有的精灵。

雪地上向阳的地方，一些绿意证明，是冬小麦，还有许多堆到一起的玉米秸秆，形象又生动地告诉我们，民主乡是以发展农业为主的乡。听说，这里种的脱毒洋芋，倒是小有名气，已形成规模。此外，许多农家都加工仿古地毯和木器，算是增收的一条重要途径。

快到乡政府了，很少见到转悠的人，想必都在热炕上享受生活。农民最大的享受，也就是在冬天里晒晒太阳，喝点小酒，打个牌，下雪了窝在家里，一年里最惬意的时光就是冬天。

在乡政府小坐后，经过五星村，过李家坪，去民主乡的一个最高点，俯瞰临夏市。

于是，空白的雪地上，脚印写满了好奇，十几人说说笑笑，伴随着咯吱咯吱声，寒意与欣喜一起迸发。

离农家远了，风也大了，雪格外白了。我们缩着脖子，小心翼翼地向山顶走去。气也喘了，行走也由起初的集中型向松散型转变，三三两两，撇开话题，尽可能地放眼。

我斜着身子，摆了个较为舒服的造型，也眺望。

尽管天雾蒙蒙的，居高临下，目力所及，都在浓淡的白色里，影影绰绰的高楼，在建的、已经完成主体结构的，都有着鲜明对比。我倒是惊讶，居然有许多房屋，在雪野里，整齐有序，犹如一个个列队的战士。

除了在北塬山上，多次看过临夏市的全貌，倒是没有正面的印象。就像熟悉一个人的背影一样，东西南北大方位，很清楚，哪里楼高、哪里又发生变化了，有点漠视。

这边看看，那边瞧瞧，那些堆放在地里的玉米秸秆，点缀都市建设。大夏河似是分界线，之南与之北的临合高速路的一截也飘在眼里，临夏县新区的楼群，在视线里延展，一缕新感觉刮过。

风吹乱了发丝，也吹乱了眼里“烽火台”断墙上的几株荒草，还有那些不曾被万物沾染过的雪，覆盖了一些生活的印记，但遮挡不了墙壁的烟熏火燎。

从山尖上搬离的人家，不管是享受易地搬迁项目，还是其他缘故，离开的那刻，是否依依不舍？即使不舍，即使眷恋，相信他们的生活搬移，是为了更幸福的生活。或许，他们再也不会出门就能听风，看景；或许，他们那一家人，就是小城变迁的目击者；或许，他们在某个视野更为开阔的地方，享受日子。

返回，又在乡政府右侧的山脊上，迎风，侧目，那些不着边际的、将来要计划修条环山路的意见和建议，显得可爱起来。

于是，在那里，我们合影，权作纪念。在一条无人踩过的山路上，我踩下一行脚印，让我的心与大地轻吻！

站立一侧，倾听着友人的计划，感慨于开展的一些工作，与所有的乡镇一样，民主乡迈开了步伐，在瑞雪兆丰年的喜悦里，开始新的一切……

我似乎能听见雪野的笑声。

第三辑

高原上的剪影

火车上的月亮

夜色似乎很浓，车内灯火通明，窗外的灯光就显得十分微弱。离德令哈市约莫两小时左右就凌晨两点了，一切都掩映在夜色中。

我拭去玻璃上的水汽，尽可能地使自己的视野放大开去，然而，除双手沾了玻璃窗上的水汽外，所想得到的关于高原的绿色，与我的初衷大相径庭。

火车似乎在拐弯，指缝间注目到的灯光，一直是弹跳着的。我借助缕缕的灯光，试图看清地里长的是什么，可是除了土块之外，好像无生命的迹象可言。

我有点失望，想看清绿色赋予高原的东西，但概念模糊得令我想不起自己的企图。

月亮，一轮上弦月就那样挂在夜空。惨淡，稀疏，羸弱，无通透之感。

听说，四小时之后天就亮了。

是啊！天该亮的。

月亮随着火车在移动，或快或慢，在我的双手搭成的一个空间里，夜色无浪漫之意。

或许，高原的月亮就是这样的，尽管我面对三十几年青藏高原与黄土高原结合部的月亮，或圆或缺，但这轮升在我指尖的月亮，不是轻易就拂过我心间的。

十六年前，懵懂的我独自北上，在一趟每站必停的火车上，把时间来来回回梳理了三十多个小时，却也没有让月亮在我的指尖凝固成一个记忆。

月色中，有点儿风了，车厢与车厢的相接处咔嚓咔嚓着，长长短短，让风撕扯了几番。

应该是有风的，因为这风，这高原上让人产生迷离的风，让在夜色中独行的火车有了伴侣，有了被陪伴的甜蜜。

窗外地里的作物依然谜一样掠过我的目光，掠过我双手搭起的一方视野。

我猜想，也许是草，也许是那想疯长但永远也疯长不了的草，只能稀拉着遮挡一下土地的光秃脑壳，却纷繁不了的草。

草，绝对是草！

青稞已经进入粮仓，这穿山越岭的火车轨道边，怎么会有青稞呢？青稞又怎会以这样的方式打乱我的思绪呢？

想写点文字的冲动，可在火车来回的缓缓中，被风陪伴的火车上，我感到眩晕。

难道仅是为了月亮，我不得而知。

在一趟西上的列车上，在旅人们沉睡摇晃的硬座车厢里，我的灵感被安静所沉淀。我穿过一节节的车厢，在被红花瓣点缀的地毯铺就的餐车里，一对外国游客兀自悠闲地喝着咖啡，不时地掉头张望窗外，不时私语。他们的恬淡与我们的匆忙似乎格格不入。抑或是身份的关系，抑或是他们喝咖啡聊天的安然，冥冥中他们似乎是主人，而我们却是客人一样！

火车在爬坡？到站了？

感觉火车在缓慢中停止了奔跑的脚步。

我静心聆听着一些如我一般清醒乘客的议论，让指尖的月光也减速慢行，如同有时我们的情感心境在减速一般。

列车员似乎习惯了列车上的夜晚，比白天还精神，无丝毫的倦怠。我隔着不远不近的距离，耳际飘入他们的话语，或快或慢。

困顿弥漫至整个列车，一切都显隐在夜的深沉之中，即使有站略停一下，也丝毫改变不了静穆的东西。

临时停车的空档，列车员与我搭讪，漫无边际地闲聊，三言两语就将他们的辛苦映射出来。

我们在格尔木转车，而后才到拉萨。

或许，这就是人生。

人生的境遇里，很多人是擦肩而过的。百年修得同船渡，即便是同乘一趟火车，也是有机缘的。

两个三岁甚至更小的男孩哭闹着，他们的爷爷奶奶脸上充满了无奈和渺茫，目光里满是对孩子的疼爱。他们不停地摇晃着孩子，不停地来回走动，他们抱着孩子，喂一瓶奶嘴已经裂了好大一条缝的奶粉。一个被奶奶哄着，一个被爷爷爱着，喧闹的车厢使小孩哭闹愈加厉害了。爷爷抱着大点的孩子离开了！

我试图让月色变得柔和点，但我没有做到。

好长时间了，爷爷还没有抱着孙子回车厢。

我在摇晃中又瞥到了车窗外移动的月亮，大大的。

在车厢的接轨处，爷爷席地而坐，爷孙俩都睡着了。爷爷在睡梦中还摇晃着，嘴里念叨着，把孙子放在他盘腿的空隙间，自己靠着车厢，显得极为疲惫。

我返回车厢，另一个孩子也睡着了，小脸蛋上露着满意的神情，小嘴咂吧着。奶奶一只脚趿拉着鞋，一只脚踩在车板上，在轰隆隆呼啸而过的列车上，歪在座位上睡着了。

两个孩子最终都各自睡着了，躺在硬座上睡了。他们相互搓着脚丫子，很舒服地睡了。他们的爷爷，当我的目光再度停留时，他已经蜷缩在座位前，一只手轻抚着孙子的小胳膊，睡得香甜。

还有什么比这样的情景让人心痛？还有什么样的月色更揪动人心的？

我唏嘘不已，为一切远去的……

西藏，我神往的地方，我在火车上的月色下向你走来！

西藏的天空

小时候，常听到西藏一些歌颂毛主席的歌曲，称老人家为“金太阳”。到了西藏，恍然大悟：太阳从初升到落山，始终金光闪闪。

进入西藏，静下心来，就会感到自己如同飘游在虚无的幻景中，又如同行走在一幅苍凉古老的画卷里，身处其地，会自然而然生出对上苍的敬意与虔诚。

神奇，圣洁，西藏人总爱用这样字眼。到了西藏方知，这些字眼原本应该出自这里。

西藏的天空蓝得深邃，云朵白得没有一丝杂质，阳光毫无阻拦直射下来，我每次仰头张望时，都眯缝着双眼，皮肤被阳光灼得生疼，但又有一丝凉意。远处的群山连绵起伏，有的山头白雪皑皑；近处的山坡上，泛出浅浅的绿色，还有五彩的经幡，也隐约闯入我的眼际。

这是西藏的天空，让我充满幻想和渴望的天空。

清晨，午间，傍晚，午夜，我的每次仰望里，天空以不变的定力变换的色彩，迷惑着我幸福的疼痛，一些散文诗句喷薄而出，让我在对着那抹深邃的蓝时涂鸦：

风穿透我的意念，在西上的火车上打了寒噤后，把那只藏狐似乎哀怨又怅茫的传奇抒写成一卷宋词。

过往的人，在列车的安静中无奈割舍眼底的景致。

扭头回望的，多像至今传诵的一位名叫文成公主的女子。她深藏心海的缜密思念，可否被雪域高原的眷恋融化?

或许，她只想和心仪的人厮守，直到地老天荒。

我叹息在风里，叹息在皑皑白雪的山顶，叹息在藏羚羊的不舍，叹息在历史的厚重里，直到呼吸困难!

夜腼腆的微笑加深了西行的风度，像一个人的雪山，为伊人绽放高原特有的花朵……

每一座雪山，都是一尊神。它们有自己的姓名，有自己的广阔领地，也有自己的神圣使命。雪山，雪水，孕育了世界上最高的大河——雅鲁藏布江，滋润了广袤无垠的草原。

有时，在我的仰望里，一片乌云飞来，云下即刻一片阴暗，而四周则依然光亮，形成明暗反差。

雪、山、水、草，成就了雪域高原，成就了西藏。

高原的云纯净，天纯净，山纯净，水纯净，空气亦纯净，人心更纯净。那一切，构成了生活空间的张力，构成了西藏的和谐、理性的日子。

那些云朵，在微风的吹拂下，轻移；当太阳慢慢走过，倾向高原的那边，天际由湛蓝转为纯青。

西藏的天，天天都是蓝的。有时处于静止的状态，仿佛伸手便可裁剪。

临风怀想，高原长天，西藏人——这个离太阳最近被太阳眷宠的民族，人文魅力成为雪域风情最真实的体现。

雪顿节畅游拉萨

站在雪域高原的土地上仰望蓝天，心和云朵的飘悠一样不可遏止地激动着。我留心细听每一位偶然经过我身旁的导游的讲解，留心有关雪顿节的只言片语。我庆幸，我对雪顿节的关注度不小于任何一位拉萨市民。一些关于雪顿节的文字仿佛远游的人，歇歇脚就永远驻足在我的心底了！

西藏传统的雪顿节，在每年的藏历六月底到七月初。“雪”在藏语中是酸奶子的意思，“顿”是“吃”“宴”的意思。雪顿节按藏语解释，是吃酸奶子的节日，因此又叫“酸奶节”；因为，雪顿节期间有隆重热烈的藏戏演出和规模盛大的晒佛仪式，所以有人也称之为“藏戏节”和“展佛节”。

民间相传的雪顿节来历是这样的：在佛教三百多条的戒律中，杀生害命是最忌讳的。四季的交替中，高原的夏季万物复苏，其间僧人外出活动难免踩杀生命，有违“不杀生”的戒律。因此，格鲁派的戒律中规定藏历四月至六月，喇嘛们只能在寺院关门静修，直到六月底方可开禁。待到解禁之日，僧人们出寺下山，老百姓为了犒劳僧人，备酿酸奶，为他们举行郊游野宴，并在欢庆会上表演藏戏。

传统的雪顿节，以展佛为序幕，以演藏戏、看藏戏、群众游园为主，同时还有精彩的赛牦牛和马术表演。演绎到今天，雪顿节已经演绎成为集文艺汇演、体育竞技、经贸洽谈、商品展销、旅游休闲于一体的盛会。

8 月 20 日，2009 年雪顿节的这天，这个有 300 多年历史的民族传统节日，在经年的流转中与我相逢了。

这天，步入拉萨市的除了像我一样的外乡人外，更多从日喀则、山南地区赶来的藏族同胞，他们的穿着打扮昭示了一路的风尘，那些悸动的心情似乎从他们长时间匍匐在地面对布达拉宫磕长头的虔诚中，彰显了信念。

一只卡通形象的可爱小牦牛“平措”，作为吉祥物，为雪顿节增添了活力。“平措”的藏语意思为圆满、美满、尽善尽美。拉萨街头，“平措”的身影随处可见，美满的感觉也溢满着拉萨的每个角落。

在布达拉宫广场，机关干部、职工、农牧民和学生代表身着民族服装欢聚在一起，在欢呼和礼炮声中拉开了雪顿节的序幕。

我们在人潮的涌动中，从一角安静而激动地欣赏雪顿节的开幕式。尽管只能从布达拉宫的脚下远望，望那些孩子和大人们上台而后又下台，倾听如潮的欢呼声和悠扬的歌声。很多游客和拉萨市民甚至一些外国游客，也和我们一样驻足观望。尽管进不了会场，可心是安然的。

虔诚的人，不管不顾行人的脚步，依然匍匐在地拥抱尘埃。而后，起身仰望，我们的脚步不知不觉随着游人移动，也跟在藏族同胞的身后，转动起布达拉宫前的经桶，末了，用脚步丈量布达拉宫到罗布林卡的距离。

令我吃惊的是，在雪顿节的日子里，烈日下的罗布林卡，依旧散发着神秘的气息。与素日里的游客不同的是，相拥而来的是更多的各族游客，所有人都和拉萨市民一起沉浸在欢乐中，依照多年前先人的生活轨迹，在这里放松心情。

罗布林卡像一个闹市，游人与小贩编织了一幅图画，当然，还有为自己产品做促销活动的企业。三步一个，两步一处的“雪顿”酸奶促销点，似乎真正成了雪顿节的主人。环顾左右，除了我们，更多人的手中都拿着“雪顿”酸奶，都在一种简单的快乐中似乎昭示雪顿节的藏语意思。还有“拉萨”啤酒的促销商，也用富有感染力的形式，让罗布林卡显得繁华、嘈杂、拥挤。

我见到了一只被铁链子拴着的藏獒，它也转来转去，高兴地吠叫着。

我怕自己在人流中迷失方向，紧紧跟着家人。其实，我是不会走失的，除非我愿意整天游走在树荫下的喧闹里。

或许，早在 11 世纪中叶的雪顿节上，我是一朵飘在雪域高原上空的白云，辗转几许，今日又漂在回归的旅程里。

“罗布林卡”藏语为“宝贝园林”的意思，是历代喇嘛的夏宫，已被列为世界文化遗产。每年的雪顿节，西藏各地的藏戏团体都会会聚在这里，进行连续七天的表演和比赛，场面很是热闹。

今年也不例外，虽然我们不懂藏语，但也和许多游客一样，或坐或站立，目光被藏戏表演所吸引。

带着孩子们的好动和对罗布林卡的好奇，我们别过藏戏，又随人流前行。我不知道罗布林卡到底有多大，但我们分明感到了累。于是，我们没有席地而坐融入更多游客的安闲，而是在不舍中离开。

离罗布林卡不远处的西藏博物馆，也洋溢着雪顿节的气息。

如果说布达拉宫是拉萨的客厅，西藏博物馆可视为拉萨的书房。即使在这间“书房”中只作片刻停留，思绪也会穿透恢宏的历史文化时空，窥视到整个藏民族发展史上的每个辉煌瞬间。

在这里，仿佛依稀可以听到这座博物馆年轻强劲的心跳。丰富的馆藏珍品，使我惊骇。各种类型的史前文化遗物，多种质地和造型的佛、菩萨人物造像，历代蘸金粉、珊瑚粉等手写的藏文典籍，五彩纷呈的唐卡画，各种乐器、法器，具有鲜明的民族特色的手工艺品，别有风格的陶器，都散发着雪域民族文化的韵味。

面对陈列的上千件展品，我放任自己的身心游弋于藏民族厚重深沉的历史长河中，听见自己的骨骼乃至灵魂震颤的咔嚓声，尤其是在那些展出的唐卡面前。

“唐卡”来自藏语“唐嘎”音译，是藏族文化历史中独具特色的绘画艺术形式，长久以来被视作最具代表的藏族艺术瑰宝。无论我在青海还是在甘南，随处可以见唐卡的身影，但并不是每一幅唐卡都有资格被称为文物，可是在西藏博物馆，展示着许多年代久远且绘制精美的唐卡，让人一饱眼福。

博物馆内展出的唐卡，虽年代久远，但色彩依旧艳丽奔放。勉唐、齐岗、尼泊尔等画派之间或鲜明或细微的差别中，可以看出早期唐卡艺术的繁盛兴旺、百家争鸣。

要在一瞬间定格一座城市谈何容易，然而西藏博物馆却矢志不渝地再现了雪域高原的每一段历史。

我无法抑制内心的激动，坐在多媒体播放室里，静心屏息地咀嚼屏幕展现出的西藏，享受屏幕上的雪顿节。当播放到雪顿节这天哲蚌寺的展佛时，我突然沉静了。

哲蚌寺是黄传佛教派的最大寺庙，也是全世界最大的寺庙，在拉萨十分有名。它位于拉萨市西郊十公里处的根陪乌山上，海拔约3800米，沿山势逐层而建。雪顿节这天，成群的朝拜者们身着节日盛装潮水般地涌向这里。

展佛开始了。

阳光照射在唐卡上，佛像鲜艳的颜色、精美的织工呈现在眼前。袅袅上升的香雾中，一片金光灿灿的五彩祥云之中笼罩着佛祖画像。虔诚的信男善女争先恐后地挤向人群前部，簇拥到佛祖像前叩头，捧起一条条圣洁的哈达敬献给佛祖，以示他们的虔诚和崇敬。人潮在唐卡佛像前一阵一阵地涌动，我仿佛也在其中。

我的目光定格在屏幕上的唐卡佛像时，我为自己没有去哲蚌寺而遗憾，为没有亲眼目睹到哲蚌寺的展佛而遗憾。

坐在博物馆里，隔着不远不近的距离，我似乎能够听见那沉闷神秘的法号声和诵经声。

屏幕上那些信徒们的一张张面孔上显现出的激动，也感染着我。或许，我西上，只为感知自我，只为偶遇雪顿节天际的云朵……

在这片离天最近的地方，在这大家狂欢的雪顿节，我被佛教文化的渊博深深地震撼，灵魂仿佛经受了一次庄严的洗礼。雪域高原变换着神秘与美丽，姿态万千地展现在我们面前。我想，这种感觉在今后的人生岁月里将刻骨铭心，永难忘记。我深信，多年后的这一天，依然是我心底深处清晰可见的一天。

永远的布达拉

一红一白，一座世界上令世人仰慕的宫殿，千百年来，以一种神秘、肃穆、庄严的姿态矗立在雪域高原，挺立在藏族乃至世界人民的心间。

神鹰飞过，鸟雀飞过。旅人的渴念蜷缩在墙角歇息，张望。

一座圣殿，一个符号，一种信仰……

洁白的哈达，像飘浮的云朵，也像自己的灵魂，随时游荡，时刻让自己看清自己……

我总是沉浸在自己的文字里，一遍遍地梳理着布达拉宫。

雄伟的布达拉宫是拉萨最高的建筑，在拉萨任何一个角落，抬头远望，定能感受到它的气势磅礴。

站在布达拉广场，手搭凉棚，仰望布达拉宫。灿烂的阳光下，只见宫殿层层叠叠，红白相接——白宫呈“凹”字形，从东到西结构紧凑，由低至高鳞次栉比；红宫居中，层次分明，错落有致，使整个布达拉宫形似双手捧着一座佛塔；红宫上面的金顶，在阳光的照射下熠熠生辉，似乎显示着它的至高无上。

导游是个热情的成都女孩，她自从接到我们开始，就在车上介绍布达拉宫。我怕记不住那些与布达拉宫有关的点点滴滴，就跟在她左右，用录音笔记录下她所述的一切，包括她喘息的声音。

布达拉宫是藏王松赞干布为文成公主在红山上建造的。宫殿依山而建，现占地 41 万平方米，建筑面积 13 万平方米，宫体主楼 13 层，高 115 米，全部为石木结构，宫墙是其艺术性和生命力的主要组成部分。宫顶覆盖镏金铜瓦，金光灿烂，气势雄伟，是藏族古建筑艺术的精华，被誉为高原圣殿。

布达拉宫按照红山的自然地形由南路梯次修到山顶，传说东半部的宫墙是由拉萨一带的前藏工匠砌筑，西半部的宫墙则由日喀则一带的后藏工匠修成。工匠们尽情发挥各自的风格和所长，东部墙体笔直尖峭，西部的墙体则圆浑厚实。

宫殿外部的颜色是明亮的白、黄、红三色，与佛教传统密切相关：白色象征恬静、和平，黄色象征圆满、齐备，红色象征威严、力量。布达拉宫有用铜镀金建成的金顶，有牦牛皮、彩布林立的法幢、宝伞、旌旗。在重大吉庆的日子里，还要披上五彩的“扎西吉彩”彩幔，这一切把布达拉宫装扮得流光溢彩，金碧辉煌。

我们到了布达拉宫东门的入口处等候，导游带着我们的身份证去验证。入口处挤满了游客，藏族朋友只需买一张两元的门票就能进入。那天天气还算不错，上午太阳躲进了云层，所以并不感到燥热。等候多时之后，我们进入了第一道门。由于时间还没有到，故而在院子里歇息拍照。

仰望着如此高大庄肃的宫殿，我的思绪在导游去买票的间隙抛锚了。这里，曾经是怎样的地方呢？曾经有着怎样的历史呢？1300多年以前，在空气稀薄的青藏高原上，建造这样一座雄伟的宫殿，是多么了不起的一件事情！耸立在眼前的是这金碧辉煌的宫殿，是永久的布达拉宫！

安检相当严格，矿泉水和水瓶都是绝对不能带入的。我们早早依照导游的交代，没有携带那些。连过两道安检后，怀着虔诚和凝重的心情进入了布达拉宫，踏着一级级的台阶，穿过一道道的长廊，从红宫到白宫，宫中保存大量的珍贵文物和精美壁画，让我们目不暇接，尤其是宫中到处弥漫着的那种无以言表的庄严和神秘的气氛，让我们不禁肃然起敬！

古老的石板不会说话，但是那石痕，承载了多少厚重历史文化的积淀，多少人物的命运！

有人说，对布达拉宫的价值，怎样估计都不会过高；而对布达拉宫的朝圣或参观，十次都不为多，因为每次都会有新的发现和体会，都会得到令人惊喜的收获。

我很感谢导游，如果没有她的讲解和介绍，即使我再去几次布达拉宫，也不会知道宫里每一个屋檐壁角、每一个唐卡、壁画和佛像的故事。

跟随着导游，听着讲解，那些远古的神话故事，如此真实地再现在我的面前。

狭小的过道，陡峭的楼梯，高大的佛像，暗淡的光线，燃着的酥油灯恍惚的灯影，使一切烘托出神秘的氛围。

每位达赖喇嘛的佛塔，大小各不相同，每尊佛塔通体用黄金包裹，用各种珍贵的宝石镶嵌着。我完全被震撼了！在这迷宫一样的建筑里，几乎集中了全西藏所有的珍宝。

无论如何，不能不佩服，在世界之巅，一个如此伟大又如此精致、如此庄重又如此金碧辉煌的布达拉宫！

旅游团参观布达拉宫有时间限制，如果超时，导游会受到相应的处罚。所以，我们随她从西边的之字形坡道走下布达拉宫，阳光移出云层，向我们、向布达拉宫和拉萨城全力释放出了热情。

祈愿这阳光永远照耀在每一座白雪皑皑的雪峰，照耀在每一片绿茵茵的草地，照耀在每一座经幡飘扬的寺庙，照耀在每一个信徒或喇嘛手中的佛珠和转经筒上，照耀在每一个生活、行走在高原上的人的心中。

每走一段，我都抬头回望，仰望巍峨壮观、散发着震撼之美的宫殿。

我的思绪随湛蓝的天空，悠悠的白云，轻轻地为布达拉宫吟唱一曲歌谣。

大昭寺前的默想

有人说，到了拉萨，如果你没有在大昭寺的门前晒过太阳，那么就不算到过拉萨。因此，坐在大昭寺门前晒太阳，已经成为很多藏漂的必选题。他们晒着温暖的阳光，目送着一个个虔诚的信徒从身边走过，总会说时间在慢慢静止……

当我真切地站在寺门前，我被自己的所见吃惊。大昭寺是西藏最辉煌时期的一座建筑，殿宇雄伟，庄严绚丽，每日被转经的人流簇拥着。大昭寺又名“祖拉康”，藏语意思是经堂。“大昭”，藏语为“觉康”，意思是释迦牟尼，就是说有释迦牟尼像的佛堂。

这座土木结构的寺庙，主殿三层，殿顶覆盖着西藏独具一格的金顶，阳光下浮光耀金，光彩夺目。寺前终日香火缭绕，信徒们虔诚的叩拜在门前的青石地板上留下了等身长的深深印痕。

1000 多年的历史，1000 多年的香火，延续了一个流传了 1000 多年的故事。

大昭寺正门前方，有一座 3 米多高的石碑，上面用汉藏两种文字书写着“唐蕃会盟碑”，它已经在那里立了 1400 多年了。公元9世纪，当时的赞普赤德祖赞为表示唐朝与吐蕃世代友好之诚心，立碑于大昭寺前，碑文朴实无华，言辞恳切，千年的岁月使碑身已有风化，但大多数碑文仍清晰可辨。碑后面枝干挺拔的柳树，被称为“唐柳”，据说是文成公主亲手栽种的。

在大昭寺里，我猜想多年前的情景。一个荒草丛生的沼泽，沼泽地中心的“吉雪印卧堂”湖泊，被文成公主观天相后，认定它是罗刹女的心脏，此相极不利于藏王立业，于是建议以白山羊背土填湖，建庙以镇之。大昭寺来历的传说，不管如何，如今寺内供奉的最珍贵的一尊佛像，便是当年文成公主由大唐带入西藏的释迦牟尼12岁等身佛像。这尊佛像与大昭寺门前的唐蕃会盟碑成为汉藏友谊的历史见证。

古朴的大昭寺历经千年岁月，香火长盛，游人络绎不绝。寺内的转经回廊，对应寺外的大转经圈而称为内转经道。制作精巧的铜制玛尼轮一个挨一个，让众多信徒的手摩挲得铮铮发亮。沿回廊两侧的墙壁上，都绘有壁画，被称作“千佛廊”，描绘的都是佛教传说和吐蕃历史。有“文成公主进藏图”“填湖建寺图”，笔法细腻，色彩艳丽。“填湖建寺图”生动形象地绘出了布达拉宫早期的样子及当年填湖建大昭寺的情景。

大昭寺的建筑风格也比内地的寺庙独特，不仅融进了藏式和中原的风格，还带有尼泊尔的风格。以藏族的鎏金工艺制作的金瓦、法轮、摩羯鱼，也有仿效中原的彩绘，梁、柱、枋、框和唐代风格的造像，以及外域的伏兽、狮身人面像等，兼收并蓄，显示出多种文化的和谐统一，不仅有很强的艺术感染力，而且营造出了典雅富丽和庄严肃穆的氛围。

大昭寺门前永远是一片信徒们顶礼膜拜的海洋，善男信女们长伏长叩的大礼此起彼伏。那些信徒都是有备而来的，他们中的大多数都是“全副武装”：手上套着平时穿在脚上的木屐，膝盖上戴着护膝，身上穿着围裙，有的还在地上铺着毡毯。在他们的眼里，似乎只有大昭寺才是最圣洁的拜佛之地，才是洗礼灵魂的圣地。

我一步一步地登上金项的露台，正午的阳光把一切照得白灿灿的，那艳丽彩绘的檐廊壁垣，把我内心的念想悉数引出来。

金顶上安静极了，偶尔风铃摇过一声脆响，被阳光烤得炙热的空气在耳边拂过，辩经的喇嘛们依然激烈地辩论着。我抬头望天，突然觉得前世的某一天，我就是在这里被金色的光芒带离。

我没有藏人的信仰，亦没有向佛的慧心，我只是喜欢这个散发着柔和金光的大昭寺，她就像是一位披着华美彩衣的妇人，唇边带着如同蒙娜丽莎的微笑，沉静安详地坐在我的对面含笑不语。

天幕下的神鹿金轮弥散着彩晕，五色的帘幕经幡在风中螺旋般翻滚着，仿佛带着前尘往事，一波一波地把现实赶出心房。那些虔诚的藏民依旧执着地叩拜，起伏的身影投在磨得发亮的石板地上，低诵的经文在耳膜中不断地被放大，绵长而决然地敲打着周遭。

我想，不论是一个睿智的人，还是愚钝的人，当他听着自己的心在地上摩擦出的声音，抚摸被身体磨得发亮的石板，就会被一股宏大的幸福包围，温暖，直至平和。

在拉萨的日子里，我在大昭寺门前这样默想着，安静地离开了……

漫步八廓街

一直以来，涌入耳际的“八角街”一词对我很具吸引力。堂弟们老说“八角街”，弟媳们也说“八角街”，所以，还没有去拉萨时，脑海里就对“八角街”有了印象。

有时细想，只是一条街道，没有什么。像我们临夏的“北大街”一样，出售藏族和其他民族饰品，确切地说是一条风情街而已，但是因为耳际老被念叨，自然“八角街”只是一条街道的概念在我的脑海里驻扎了。直至来到拉萨，导游纠正不是“八角街”而是“八廓街”，直到很多次地在八廓街上走来走去，才改口。

藏语“八廓街”的意思是围绕大昭寺的街道。八廓街实为六角环形街道，仿佛一座巨大时钟，辉煌壮丽的大昭寺就是钟轴。按西藏佛教的说法，以大昭寺为中心绕一周称为“转经”，以示对供奉于寺内的释迦牟尼佛之朝拜。

据说，很久以前八廓街有村庄、有农民。公元7世纪，吐蕃赞普松赞干布迎娶尺尊公主，还请了释迦牟尼至尊佛像，为她建立了大昭寺，围绕着大昭寺形成了八廓街，形成了拉萨城。八廓街成了一条拉萨最繁华的老商业街，也是拉萨保留得最完整的街道，它的历史和大昭寺一样悠久。街区傍着古寺，僻巷曲途自通，弥漫着浓郁的藏族文化气息。这里是拉萨的宗教、经济、文化、民族手工艺乃至西藏风土人情的集结地，也是旅游者到拉萨必来的购物地点。

漫步在八廓街街头，商家热情推销商品，许多游客和藏民在悠闲逛街。我与那些游客一样，目光在拉萨的街头巷尾到处钻，也在八廓街头，睁大一双双惊喜而好奇的眼睛，想要把这里新鲜的一切都看透、记牢。我明白，那些游客和我一样，毕竟是来去匆匆的过客。

我的眼球被吸引着，藏族商贩、汉族摊主和回族商家，把八廓街的繁华演绎得淋漓尽致。

八廓街像一双合拢的双臂捧托着大昭寺，走出大昭寺的大门便是繁华的八廓街。街上的人流是围绕大昭寺顺时针旋转着，假如要逆潮流而行，必须花费成倍的气力和时间，尤其是在傍晚转经高潮之际。那时买卖已停，街上只有转经祈祷的人流，想逆流而行不仅难上加难，还会遭白眼乃至谴责。

人们会为人流中一个磕长头的藏族人让开一块空地，却不会为你——哪怕您是位高贵的绅士、显要的长官，躲让分毫。

很久以来，八廓街上不同国籍、不同民族、不同地区、不同语言的商贩们，大都能和睦相处。我也看到，回族妇女卖的特色小吃很受藏族同胞的喜欢，也亲眼目睹在街道里的货物有自南亚各国辗转过来的，也有内地运来的，更有西藏各地的土特产。从化妆品到日用品，从古董到电子表，从牛肉到蔬菜，从人民币到外汇券；从以物易物到以钱易物，从打手势到默契的交谈，从讲藏话、汉话，到讲外语。各种商品，各种买卖和交换方式，各地各国的商人客人，大家都在这里寻找着互通有无的捷径。

酥油、酥油桶、青稞酒、甜茶、奶渣、牛肉、氆氇、围裙、藏被、藏鞋、宝石戒指、藏刀、藏帽、藏币、摇经筒、经书、木碗，各种质地的手镯、项链等常见的物品和日常小用品，使八廓街琳琅满目，热闹非凡，与大昭寺内庄严肃穆的气氛反差极大，又相统一。六字真言的念诵声和讨价还价的嘈杂声混在一起，香炉中吐出的桑烟香味与外国香水的气味混在一起，古老质朴的藏戏唱腔声与节奏激烈的迪斯科曲混在一起……佛教与尘世，宁静与喧哗，虚无与真实……这一切似乎形成了八廓街的魅力。

朋友说，不管烈日暴晒，不管刮风下雨，八廓街上总有一些磕长头的人，或独个单身，或结伙成队。有一位几乎是职业磕头的喇嘛，额头上磕出了茧包。他每日每夜，不知用他的身体，把八廓街丈量了多少遍。他是佛陀面前替所有轮回中的罪人赎罪，他得到的布施也多。

外人初到此地，首先会对八廓街的外形感到疑惑。这是一条封闭的环行街道，哪有八个角呢？八廓街是一道宗教的江，也是一条生活的河。东方西方，内地外国，以及那永难磨蚀的藏民族风格，全都汇集其间。

我们在八廓街上买披风，买小饰品，也感受在八廓街漫步时的那种心境，尽管骄阳四射，尽管风匆匆奔跑。

我们穿行着，我的思绪也跟着我的脚步和目光穿行。与来来往往的游人擦肩而过，听外国游客发出的惊叹声，注目磕长头的藏族男女的虔诚，用心丈量八廓街的长度，揣测大昭寺广场上晒太阳的藏漂，聆听弹拨着吉他穿着破洞牛仔裤的青年苍凉的歌声……

如今到拉萨的人越来越多，从早到晚从不间断。几乎无一例外地要到八廓街上转一转，到大昭寺内拜一拜。

旋转了1300多年的八廓街在变化着，八廓人的生活也在变化着。人们渴望幸福，渴望现代物质文明带来的新生活，也渴望尽快地与世界并驾齐驱。当然，世界向我们走来的时候，人们伸出双手以似乎颤狂的热情向她涌去，吸收着、吞噬着这当代文明所能造就的一切。

经幡飘飘

到过藏区或看过有关西藏风土人情图片的人，一定会对藏区常见的经幡留下极为深刻的印象。这些色彩缤纷、随风飘扬的布幡，在藏区的民宅楼顶、寺院附近、山顶、圣地、险处、河川等地方都会见到。藏族人把他们对神的敬仰和对大自然的崇拜都刻印在经幡上，悬挂在山巅、隘口、湖畔，认为风可以帮他们送达到神的耳边。

经幡又叫风幡或神幡，藏语为“塔俏”，意思是不停地飘动。经幡就是把质地稀疏的白布分别染成蓝、白、红、黄、绿的彩布，用绳子连在一起，高高地悬挂在显眼处。蓝色象征天空、白色象征祥云、红色象征火焰、黄色象征大地、绿色象征水。

在甘南，在青海，在西藏，我的目光和感官一一凝聚在那高高悬挂的经幡，心无比沉静。

在西藏的日子里，我从导游的讲解中听到关于经幡的美好的传说，也从网上浏览到经幡的魅力。

有的说，当年战场上士兵战死以后风干的衣服经风一吹，飘飘洒洒，满天飞舞。后来，人们为了纪念他们，那些满天飞舞的衣服碎片便成了如今祈祷用的经幡。有的说，当年佛祖坐在菩提树下，手持经卷闭目思索时，一阵大风刮来，刮跑了手中的经书，经书在风的作用下，碎成了千万片，被风儿带到世界各地，带到了那些正受苦受难的劳苦大众手中。凡得到经书碎片的人都得到了幸福。人们为感谢佛祖的恩赐，便用五彩的布制成三角形，上面印上经文和佛祖像，把它挂上风吹得着的地方，以求消灾祈福。那些飘扬在风中的彩旗，天长日久就成了现在的经幡。

还有的说，在古印度，女人们都穿着薄薄的纱丽裙衫。当丈夫离家出行时，妻子便会扯下身上所穿裙衫的一角挂在门口上或树梢上为其送行。天长日久，布的颜色褪了，年复一年，布丝被风吹走了，吹到哪里去了呢？据说是吹到出门在外的丈夫身边了……在通信不方便的远古时代，布丝带去了妻子的思念。丈夫看到这些布丝，就会想起远方的妻子，就会扎好头巾，收拾行囊，毅然返家。随着佛教的兴旺，这纱丽演变成了一块块薄薄的纱布，还被染上颜色、印上经文和神像，成了今日的经幡。

经幡在风中的飘动，为每一个人的生命注入了一种汁液，遍布他们的身体，为每一片树林注入灵魂，为每一块石头注入灵性，绽放出生生不息的故事。

经幡在阳光下闪烁着神圣的光芒，把所有的日日夜夜串联起来。

经幡大多是横着挂的，听说也有竖着挂的，但我没见过。其实，不管是横着挂，还是竖着挂；不管是红的经幡，还是白的经幡，它消灾祈福的愿望是一致的。

风每吹动幡一次，等于念一次经。听说，藏宅周围插满经幡，是一种扎西德勒的祈愿；道路两旁插满经幡，则是祝福路人平安。

在信奉藏传佛教的人们看来，随风而舞的经幡，不停地向神传达人的愿望，祈求神的庇佑。这样，经幡便成为连接神与人的纽带。风幡所在即意味着神灵所在，也意味着人们对神灵的祈求所在。

经幡有长有短，图案也各不相同。最长的经幡有 3 ~ 5 米长，60 厘米宽。短的经幡一般是方形，上面印有佛经和鸟兽图案，往往被穿在一根长绳子上，横挂在人烟稀少的山口。

无言的经幡，岁岁年年，静静地矗立在静默的高原上，厮守着雪域高原的蓝天、白云，在高原之风的强劲吹拂下，不停地上下翻飞，像在为藏区永不停歇地诵经、祈祷。

经幡同它厮守相依的一切，成为高原民族的另一种风景。辽阔无垠的天际下，第一个扑入视野的是经幡。一个逐草而居的民族，把祝福和祈祷的语言写在旗帜上，借着风的动力，让它翻飞、诵吟，让一切生命得以延续和庇护。

经幡在树木的掩映中呈现，在野草的衬托下高悬，鲜花的芬芳提醒每一个把生命捧在手中向着幸福走去的人，心中的天堂通过经幡的引领出现在寂寞的旷野里。散布在野地里的牛羊，旁若无人地啃食着大地赋予它们的礼物。草尖上的露水和草根下的蚂蚁被经幡的影子覆盖着，远处的雪山，把太阳的光辉都转交给了一步步向着它前进的虔诚者，作为灵光慰藉那崇山峻岭之间的劳顿。

对于我，经幡给了我一种精神：所有的人，所有的事物，在各自的轨迹上，都会遭遇到自然的或者人为的围困与挑衅，即使拥有了崇高的地位和声望，只要在时间和历史中存在一刻，总是没有一成不变的权威，而正是因为这些人或事物在这样的过程中保持了自己在各种境遇中的秉性，所以也就具有自身光芒照人的神圣与崇高。

我用目光轻轻抚摸着我记忆里的经幡，心中渐渐生起难以言传的感怀。千百年来，经幡寄托着多少藏族人民美好的梦幻，又蕴含了他们对家乡的眷恋和憧憬。

我用心聆听记忆里、空气中经幡不停翻飞的声音，把对大自然及一切美好事物的深深祝福融入经幡的翻飞中……

高原之母——纳木错

“圣湖纳木错，位于当雄县和班戈县之间，离拉萨市约260公里，湖面海拔4718米，湖面面积为1940平方公里，是国内除青海湖外的第二大咸水湖，也是世界上海拔最高的咸水湖，湖水最深处超过33米。青草、绿水、白雪、红日和蓝天交相辉映，仿佛一个超越人间的理想乐园和神奇仙境……”

导游对纳木错湖翔实的讲解，让车上的游客很兴奋，让我更兴奋了。纳木错是我向往的地方。而去纳木错之前，只能在电视上、在网络里欣赏有关的一切。

我记得，曾经去过纳木错的人这么说：那里的水很清，那是亲眼所见的。这让我又一次在遥念里感受纳木错的湖水，在高原上的风中波荡，一浪一浪地涌来，退去，又涌来……

那是能看到一个人灵魂的湖水，圣洁的湖水里藏着颗圣洁的灵魂。所有到过那里的人灵魂都受到了洗浴，所有向往到那里的人灵魂也都受到了洗浴。纳木错是灵魂的天堂，站在纳木错，望那圣湖之水，人说：你看到了天堂，看到了天堂的台阶和围绕着那台阶的层层叠叠的白云。

当我们乘车向纳木错湖驶去时，我有点紧张，坐立不安，怕纳木错湖会在变幻多测的天气里隐身，拒绝我们的觐见。

亘古不变的高原，天高云淡，微风拂面而来。

带着好心情，听着导游关于西藏历史的一些讲述，我们向纳木错进军。我的眼睛肆意地转动着，害怕失去哪怕一点点回忆高原之美的机会。窗外就是高原牧场，牦牛、骏马自由奔腾。

陶醉在最原始的风景里，陶醉在最淳朴的语言里，我的眼睛看醉了，就在我发愣时，听到游客的大叫："念青唐古拉山，快看！"

我也远望，一座连绵雄伟的雪山，山顶都被白色的积雪覆盖，在阳光的照射下熠熠夺目。

导游说："念青唐古拉山和圣湖纳木错是生死相依的恋人。他们是神的化身，男神化成了山，女神化成了水。他们相伴万年，不离不弃。"

就在那刻，纳木错映入了我的眼帘：一汪静谧的湖水，安静地铺在念青唐古拉山脚下。湖水的颜色从车上望去，和西藏绝美的蓝色天空融为一体，让人分不出哪是天哪是水。那一刻，我真正懂得了什么叫秋水共长天一色。

那种蓝，蓝得没有道理，蓝得没有章法，蓝得纯粹，蓝得精致，又蓝得粗犷，就像一首交响乐一样，那蓝色就是跳动的音符，不断地组合，不断地融合，推陈出新，前赴后继，构成一首百听不厌的高原牧歌！

车停在了纳木错湖边的营地，孩子们想吃巧克力，以便驱寒。藏族同胞经营的小店铺里，买了有点昂贵的几块巧克力和一袋雪饼之后，才随着游客往湖边走去。

我们沿着湖边行走，感觉整个人在飘。一只水鸟在湖水中漂着，是否它也留恋着这迷一般的湖？

近距离看纳木错湖水，仍是蓝得没有瑕疵，掬一捧纳木错的湖水，冷冷的，尝一下，咸咸的。作为高原上的咸水湖，湖水咸是理所应当的。

风很大，吹乱了头发，但没有吹皱我的心情。凉意森森中，迎风而立，和孩子们定格了一个个瞬间。或立或坐，或蹲或弯腰，或扬臂，尽情地舒展着自己，以及那种无以言状的心情。

游客的相机和我们的一样，没有闲着，咔嚓咔嚓，都在拍照，都在为自己留着念想。

这个呈带状的湖，仿佛就是念青唐古拉山的一条腰带。念青唐古拉山倒影在纳木错湖里，这也许是恋人间另一种方式的融合吧。

凝视着纳木错湖，凝视着念青唐古拉山，这对生死相依的恋人，让我感受到了旷世美景的万般奢华，我的身心似乎融化进纳木错湖中。

纳木错，如果可能，我愿化作天空的一片云，永远地投影在你的波心。

倒淌河边的迷失

第三次行进在日月山到倒淌河的路上，竟然沉默了，不知道该用怎样的文字描述心情。

之前，关于倒淌河的传说，在网上读到不少。一山之隔，关于日月山以东，汉族民间的说法是，唐王李世民为了沟通藏汉两族的关系，促进文化交流，将年轻美貌的文成公主嫁给吐蕃松赞干布。文成公主在赴西藏途中，到达日月山时，回首不见长安，西望一片苍凉，念家乡，思父母，悲恸不止，公主的泪汇成了这条倒淌的河。日月山以西藏族中流传的则是另一个神话：龙王派他的四个儿女造南北东西四河，最小的女儿造西海时，需 108 条河水，她找到了 107 条河，最后一条河怎么也找不到。聪明、狡黠的小龙女从日月山倒着牵来了一条河，这条河便是倒淌河……

其实，不管是传说还是地壳运动，无须考证哪个传说最具权威，而哪一种又具有神话的传奇色彩，至少，每一个传说都为倒淌河增添了一份神秘。

和婆婆、母亲等初次的远游，青海湖作为首选。在绕湖一圈的行程中，风告诉了我壮美的青海湖，风也向我展示了日月山和倒淌河，而其中的心情难以描述。

过了几年，和同事们再度游览，青海湖依旧蓝了我的眼睛，日月山和倒淌河依然晃疼了我的视野。我是感动的，但是旅行似乎空白，没有一个字存证那次的相逢。

几年后的今天，在四月的高原早春，风尘仆仆的过往，短暂的停留，竟俘获了我的文字，我的诗心。

就在倒淌河镇，目睹文成公主的雕塑，那低眉顺目里，究竟蕴含了多少无奈和不舍，作为一个女子，她的婚嫁显现出的勇气，于今天的我们而言，多么的不可思议，又多么的悲壮！

我发觉我有点木然，站在雕塑前，想学着雕塑的模样，可是我没有做到，因为我没有文成公主那样宽宥的爱，更没有她那样的万种柔肠。

风，呼啦啦的，扯起我的头发，我特意将束起的头发松开，任其飞扬。我的耳际，似有呢喃私语，很想竭力听清，却又不能。怅然中，一声叹息越过千年的尘烟，灌入我耳际的，还有隐约的低诉，温婉中带着气若游丝的哀怨。

我想抛却那些，但还是失败了，只有仰头，把眼眶里的一些感动转嫁给蓝天，托付给白云。我没有跟很多人一样顿悟出，倒淌河是一条女性的河。我所感悟到的是悲情的无奈，以及坚韧的人生。

这条发源于日月山西麓的河流，一开始就自东向西，奔向青海湖。其蜿蜒的曲折，清澈见底的河水，大概从空中俯瞰，犹如一条明亮的缎带飘落在草原上。那清凌凌的水，安静的兀自流淌着，四十多公里也好，不到四十公里也罢，这条从东往西流的河，为青海湖增添的旅游带来了一丝神秘。

首次穿过倒淌河镇时，简短几分钟，镇子不大，一边是青海湖，一边是草原。古建筑与现代气息的楼房结合出另一个天地，对比鲜明又和谐统一。

倒淌河镇是青藏、青康公路交会点，为通往德令哈市、格尔木市和青南地区的交通要冲，也是形成汉藏两族交流渗透的“倒淌河文化”的重要原因。然而，“自从公主和亲后，一半胡俗似汉家”。

也许，最早，是那双柔嫩的手，具有厚爱的手，架起了一座经济、文化，包括爱情的桥梁。

在这里，有些文化是传神的。因为一条被誉为女人的河，几重身份的女子，开拓和创造了灿烂的倒淌河文化。

历史，无须多言，那个交通要道，曾经屯兵也好，发生过战争也罢，一切都远去了，留给我们的是汉藏友好的见证，以及一段不可磨灭的往事，历史的舞台上，旋转的是永恒的友谊，以及一个女子不可企及的伟大。

阳光刺眼，使我眯眼张望，但那块刻有“倒淌河”三个字的石头，飞舞的经幡抒写了虔诚，附近的一些水，不能代表倒淌河，但是那些牦牛，却彰显了草原的壮美。就在那座桥上，我的头发再度被风眷恋，而我沉醉其中，夸张地留下一些照片，作为印记，以待回忆……

暮色里的瞿昙寺

起风了，瞿昙寺似乎拽着我们的脚步不放，从柳湾遗址博物馆返回，又奔向瞿昙寺。

前往瞿昙寺的路，不是很好走，盘山路的狭窄，使行程由不得减慢。拜谒的心情，还是源于对一位诗人前些日子去过的羡慕，他追寻古典建筑，跑了青海的一些寺庙，目睹古代匠人巧夺天工的杰作，也无意中促成了我们的行走。

听说，瞿昙寺被称为“青海小故宫”，木雕令人叹为观止。另外，寺院里的壁画，尤其是故事画，有着汉地的风格，异常华美。其中，有些方面连汉地的同题材的壁画也难出其右。

一粒粒石子，一颗颗石块，零星地散落在瞿昙寺的路上。

估计我们去的晚了，山门要关了。我们的心情也显得匆匆了。

我们真去晚了，没有人，停车场上空空如也，我们的车显得孤单又落寞。这个小镇，有点安闲。

碑上刻着瞿昙寺的来由，那些被岁月刀削斧砍的文字，呈现给我们一个陌生的瞿昙寺。

前行的脚步，匆匆里，山门一闭，迟到多么迎合暮色。

瞿昙寺坐落于小镇上，周围倒也不很荒凉。

我和师父想爬到山上，看看暮色下的瞿昙寺，宏伟精妙的建筑群落。寺院左侧的茶园，也呈现打烊的气息，一位年轻人，侍弄着水管子，在他的方言讲述中，我和师父要想爬到山上，还需去别的地方，寺后面的山包爬不上去，就是爬上去了，由于高度不够，只能看见一点点寺顶和局部。谢过年轻人的热忱，我们的步调安闲起来。既来之，则安之，尽管寺门已关，但我们的目光依然灼热，隔着一道道墙壁，隔着岁月的尘烟，目视苍茫。

那些神兽的蹲坐，丝毫没有慌乱的排列，三尊，五尊，七尊，亘古不变的姿势，融合了日月的交替和风雨的洗礼。

师父贪婪的镜头，独特的视角，以及啧啧赞叹中的欣喜里，那些独一无二的景致，跃入记忆。

很多人是在寺内完成仰慕的角色，而我和师父，居然在寺外神圣我们的敬仰。那些瓦当，那些滴水，都一一入怀。最为惊奇的是那口巨钟，无法目测大小，却引人注目。虽历经600余年，可悬挂依旧不曾改变，古风犹在。

有些风，掠过来，只是没有叩响古钟。仔细找寻，居然发现那些瓦当很具特色，滴水也一样。有的瓦当边沿有一圈圆点，排列匀称，有的只是那些酷似藏文的图案，有的图案也不一样；滴水上的花纹也都不一样，至少有三种。师父说，据此推断，瞿昙寺的建筑至少维修了三次，如果仔细分析，就会发现瓦当和滴水不相同的微妙。

师父沉浸其中，而我们仰着的脖颈，有点发酸。

忽然，寺的侧门吱呀一声打开了，我们感到有点意外。开门的是一位喇嘛，黝黑的肌肤，发福的身体被朱红的僧衣裹着，圆鼓鼓的。他面无表情，没有因为我们的惊喜吃惊，关门，上锁。他锁门的动作，娴熟，麻利，快速。而后扫一眼杵在一旁的我们，拨号。

向前走了十几步，停在一个宅院前，伸长左臂，手在门楣上摸了几下，摸出一个钥匙，又是开门，闪进去了。

尽管有点遗憾，尽管抱着的一丝希望也磨灭了，但我们的兴趣依然不减，一一观看瓦当和滴水的不同。

行至寺的正门处时，一辆红色的小轿车开出来了，舒缓的音乐飘来，不禁多看了几眼，发现开车人就是锁了寺门的喇嘛，他左看右瞧，俨然是位驾车技术老练的司机，根本不像僧人。如果脱掉僧衣，蓄发，该是一个大腹便便的年轻人。我的自言自语，被外子戏谑，说操什么闲心，出家人，念经。

之后，我们又进入那个茶园，一些杏花零星地开放，新修建的古典风格的屋子，与隔壁瞿昙寺的对比分明，一个塑料棚里，叽叽喳喳，原以为是种菜的，不想茶园主人养的小鸡。我从一些挤开的缝里，伸头去看，一股浓烈的鸡粪味飘过来，还带着热气，闭气一看，一只只鸽子般的小鸡，挤来挤去，都朝着我的方向叽叽喳喳。我立即放下塑料布，长舒一口气。

估计到旅游旺季时，这些鸡仔都可以吃了，茶园主人很会经营。外子感叹不已。其实，有经营头脑多好，俗话说做什么务什么，就要琢磨才对。

瞿昙寺的外观依旧在我们的寻觅中，走进一个敞开的大门，辨认模糊的字迹，猜出以前是个粮食仓库。左侧的墙壁上，岁月的痕迹清晰可见，与所有的古城遗址一样，总有衰草。一条水泥路两旁是松柏，一直延伸到里面。一排房子，酷似仓库，一条貌似藏獒的狗，凶狠地左右喊叫，要不是粗铁链子拴着，估计会扑过来咬住我们的脚脖子不放。一个寒噤，我不敢上前。狗叫使一位高个的中年男人向师父迎来，他们握手，面带微笑。师父比画着，道出想拍一张瞿昙寺的外观，寻求最佳位置。那人听后，侧身拍打一下西服，右手上扬，比画一阵。我躲在那里，听不清他们的谈话，观看他们的神情，猜出师父得到了答案。

师父说出门向上走，再向上，爬上山坡，就可以。速度要快点，夕阳余晖不错，很有诗意，慢的话就拍不到了。

之后，外子把我们一直拉到车不能开过去的地方，已在山坡上。

走过一块下种不久的田地，顺着地埂爬上另一块地，整个瞿昙寺就在眼底，包括我们去过的茶园和曾经的仓库，都在瞿昙寺旧围城之内，特别显眼，墙壁以及瞿昙寺当时的群落，全部轮廓清楚无比。

夕阳下，远处的一缕炊烟，衬托了瞿昙寺的静、宏伟和苍茫。那些神兽和风铃，以及那口巨钟，在逐渐暗下来的天色里，镀上一层淡淡的灰。

神兽的张望，六百年来，不变的神情，感化一位位叩拜的行者，一步步的牵引里，延续辗转的膜拜。一些所谓的诗句，落满我的笔尖……

在西海郡回忆虎符石匮

其实，西海郡于我并不陌生，之前，路过一次，停留过一晚，但与虎符石匮极度陌生，与西汉末年“横空出世”的地方擦肩而过。

西海郡的功过，与王莽是功是过，我都无权言说。但是，我深信自己的感觉，因为西部歌王的眼底，除了金银滩草原，还有这个西海郡。

下午的风，很猛，撕扯着我的脸庞，多年前的驻足，隐匿落脚的记忆，但无法阻挡我追寻的脚步。

转来转去，还是无法与西海郡相视，更无法与虎符石匮离开的地方相拥。问了好几个人，都不知道西海郡遗址，摇头的惶恐里带着羞涩，边走边打听，期待西海郡跃入眼帘。车疾驰，能快速到达。我们四处张望，不愿错过。

然而，我们与西海郡遗址擦肩而过，风蒙蔽了我们的双眼，苍茫的大地上，一个小标志显得微乎其微，谁又会有心呢？

转了好几圈，最后，一位中年男人一边手指一方，一边说开车过去，路边就是，一个小土堆，没什么可看的，什么也没有，能看到“西海郡”三个字。我们满脸谢意，而他在风里表情严肃。想必他是个热心人，或许心情不好，或许今年四月的风太大，吹皱了他的心事。就那样，西海郡遗址才与我们执手相见。

下车，看那贴着烟色瓷砖的牌子，有的地方已经损坏，露出红砖碴子，漆黑底色上的“西海郡”三个字，不知是哪位名家的墨宝，或者是电脑选的行楷体，有些划痕，一切都显得落寞。那样大的地方，那个高两米左右的标志，像粒芝麻。

感叹又有何用？在风里，双脚踏在那些草儿还未睡醒的地方，人间芳菲的美好遥远无比。我脚底的土地上，两千多年前谁在站立？男子或者女子，他们有着我一样的怅然吗？他们来自何方，又将去往哪里？是过客还是西海郡的凡夫俗子……我不愿猜测，可是风儿一再鼓吹那些往事，那些日子里的纷争，那些岁月的变迁，直至成一些废墟般的城墙遗址。

有些草儿茎秆依旧枯黄，但漫着的一丝水意，注定不久之后的嫩绿，按部就班地扮亮视野。我的围巾不听我的使唤，忽左忽右，我既要顾围巾又要看那些城墙，还要顾及脚下。因为已经在那里走了几步摔了一下，不想再亲近了。

一轮夕阳，挂在天边，感觉惨淡。凉意渐至，草儿跟着起舞，摇摆我的视野。城墙残留得不多，但沿着依稀的感观，依旧能找到最初的城郭，只是朱颜已改了。

师父在叹息，他的叹息里，蕴含着多少情愫，我不知道，但他镜片后的目光，多少闪烁着一些遗憾，没有逃过我的眼睛。

我试图把感觉融入其中，可是，风阻止了我；相机也阻止了我，我想给自己留下一个念想的初衷，有点滑稽，相机和我们开了一个玩笑，居然拍不下一张照片，内存显示卡已满了。

无语，在那个旷野里，公路上的车辆呼啸驶过，全然没有理睬我们的尴尬，一列火车也掠过，显现了青藏铁路的神奇。只有删除一些照片，才能载入一点记忆。

面对那些印记，总舍不得删，就是看似荒蛮一片的照片，也记载了一段历史，抑或一个民族，以及其他的存在。翻来覆去，最后忍痛割爱，删掉了几张，留存一个片段。

走在西海郡故城，唯见残垣断壁，夯土累累，衰草萋萋。然而考古工作者在这里，给诗人一个吃惊，给青海省博物馆一份厚礼，那些采集到的许多文物中，虎符石匮成为最重要的代表。据说，虎符石匮的石盖 1943 年出土，1987 年石匮出土，石盖和石匮相隔 44 年才合为了整体。而后，在众人的瞩目中，安宁，沉静下来，过滤时光。

之前，在博物馆里，用了近 20 分钟的时间，前后左右，反复端视，那只两千年前的卧虎，视人眈眈，依旧能感到一股威风。而“西海郡虎符石匮/始建国元年十月癸卯/工河南郭戎造”，3 行 22 个篆字的铭文，仍清晰可辨。两米多高虎符石匮，作为目前发现的唯一一个，又埋藏了多少故事呢？

西海郡颁发的“符命”，为何要装在虎符石匮里呢？到何处找寻答案呢？历史的尘烟里，又有多少传奇，可以解释那些疑问呢？

我，陷入不了了之的茫然，一些不成文的文字，在我的笔记本上，烙下那些心情：

历史，厚重。

草，也厚重。

坐，站，只是一个影子，城墙上稀拉拉的草儿，整齐成一个西海郡的背影，任暮色包围行程。

大概，立在博物馆的一个信物，显得过大过重，以致西海郡只剩下几抔黄土，安享风的眷恋。

我也开始相信，残垣断墙，扶着草的世世代代，还有野物的飞掠，扳着指头，数着日子，挪过日月星辰。

然后，跟着风，继续行走。

第四辑

临夏：五彩缤纷的唯美，沉湎一片落叶

五月牡丹天

春花渐开，当那些米粒一样的花儿也绽放后，牡丹也不甘寂寞，拇指大的花苞，一天天、一点点地努力长大，成核桃般大时，第一片花瓣悄悄地剥离花苞，之后第二瓣，紧接着第三、第四瓣，直到花蕊尽现，在晚风和晨风中香气四溢，摇曳出的富贵和大气，移步十里，依旧气息尚存。

常说人间最美四月天，可是对于临夏人民来说，最美的怕是被冠以牡丹月的五月天。

小城万千的牡丹，紫斑牡丹是魁首。生长在临夏大地上的紫斑牡丹，与菏泽牡丹、洛阳牡丹泾渭分明，那绚丽的花色，花瓣基部的红、紫、黑三色组成的放射斑，独树一帜，熠熠生辉。因此，作为耀眼的城市名片，早在800年前，落地生根，成为标签，恰如其分地贴在临夏的词典上。因而，提及临夏，就会想到牡丹，就有身处国色天香的佳境和美感。

春光明媚的五月，数万株牡丹，一夜之间绽放。有些安静的小城，因为牡丹的绽放，一切突然热闹起来。在大夏河牡丹长廊上，不管是小城居民，还是外地游客，被牡丹吸引，纷至沓来。于是乎，长廊人流涌动，流连忘返，把赏牡丹的情趣推送到高潮。

万紫千红的花朵，如醉如痴、摩肩接踵的人流，令牡丹长廊纷繁无比。加之小城多年来举办的关于牡丹的各项活动，又为紫斑牡丹的绝美戴上金色的光环。

就像樱花一样，紫斑牡丹浓淡不一，淡粉、深粉、紫红、月白……一朵朵，千朵万朵，似着旗袍的女子，在蝶舞蜂闹中，袅袅婷婷，醉了游客，醉了季节，也醉了等候她的有心人。所有的美好皆在切切地等候中妖媚心思，那姿态，那境界，又如水墨画里款款而来的女子，对镜贴花黄的婉约，晚睡后的慵懒，临窗而读的安逸，皆在绿叶间闪现柔媚。

晨风中，在人流里，在喧闹中挪步，一一品赏，心情如牡丹一样的富贵了，富贵着，愉悦着。在牡丹的国度里，走着看着望着欢喜着，一点也不觉得累。一步一步，身心皆与牡丹融为一体。约会的牡丹，静思的牡丹，沉思的牡丹，孤芳自赏的牡丹，形影相吊的牡丹，茕茕孑立的牡丹，灿烂的牡丹，忧伤的牡丹，暗喜的牡丹，偷窥的牡丹，万千姿态，惹人喜爱。只要有足够的耐心，只要静心，只要细品，花中之王极致的美，都会尽收眼底，都会刻进骨子里。

晚风习习，又在牡丹长廊信步而行，惬意油然而生。风来，幽香扑鼻，闭眼，深呼吸，享受片刻的安宁，在幽静里恬淡心情，又是一番心境。

小城之人，很是珍惜牡丹，赶在晚春的大好时光里，尽情享受牡丹赋予的欢乐，一点也不懈怠，抢着赶着，赶赴与牡丹的约会，因为稍不留心，就会错过美好的相视，唯有来年，方可一睹芳容。

逛累了，又步入农家乐，堂倌麻利地端上三泡台盖碗，等客人自己放好茶叶和冰糖、桂圆、红枣等八宝茶的配物后，倒上牡丹花水（方言，指刚烧开的开水），饱览院子里的牡丹，又是一番情趣。讲究点的农家乐老板，三泡台盖碗的瓷细腻，富贵牡丹的花色，颇为养眼。

临夏人就是如此喜爱牡丹，怎么赏也赏不够，无论何处遇见，依然眼馋，会多看几眼。

于是乎，喝着牡丹花水冲泡的盖碗茶，又在牡丹人家歇息，一盘东乡手抓羊肉，一份东乡土豆片，再来盘肉末粉条和酸辣白菜，人们常说的东乡族的四大名菜，与牡丹一样的口碑，若胃口好，再来一碗清汤面片，极为惬意。

紫斑牡丹在临夏栽培最普及、群众基础最广泛，家家种植，户户栽培，牡丹月里行走，随处可见。风来，浓香扑鼻，那芬芳，弥漫在角角落落。

带晨露的牡丹，又别有一番韵味。一颗颗露珠，在花瓣上滚动，剔透中欲滴的情愫，越看越喜欢。

骄阳下赏花，恹恹在所难免，爱牡丹爱到极致的人家，会在牡丹上方搭凉棚，避免日头太烈或是雨打牡丹，哪怕牡丹多开一天，也心满意足。说来也是，那些搭了凉棚的牡丹，很解人意，自会开到荼蘼。

你听听，佛头青、绿贵妃、醉美人，都与美搭调，虽说远居一隅，硕大的花冠，独具特色，独特的浓香，曾获第三届洛阳牡丹节铜奖。

其实，获不获奖以前也不重要，重要的是牡丹让著名歌唱家蒋大为远道而来，几番在牡丹节上吟唱《牡丹之歌》，还有钢琴家郎朗，也为没有饱览牡丹的怒放，只能在砖雕上或是讲解中过过紫斑牡丹的眼瘾。

小城的艺术家们，写牡丹、画牡丹、拍牡丹，把对牡丹的情有独钟，彰显得淋漓尽致。一行行诗，一幅幅画，一帧帧照片，让紫斑牡丹活色生香，让紫斑牡丹香飘十里，让紫斑牡丹风华绝代，让紫斑牡丹独树一帜……

在小城，如若错过了牡丹盛开的季节，那么在关于墨色的牡丹里敞开心思，在牡丹的江山里任心思翻飞，也是享受。因为牡丹备受画家的青睐，他们不惜笔墨，不惜才情，画笔只为其挥舞。在纷繁与静谧里，那些赏心悦目的色泽，轻轻漾开的素雅，彰显富贵的高雅，国色天香犹如安之若素的女子，娉婷于画中。

花瓣、叶子、枝干，在宣纸上妩媚，翩翩起舞，那份娇贵，那份雍容，草长莺飞，蝶舞蜂闹，风起，花落，宛如站在远方，将身心印于其上，初心不改的真，隐在一笔一画里。

素雅与艳丽，芬芳与凋零，堆叠起的一个空间，也将灵魂和追求堆叠，一杆杆画笔，一盒盒色彩，勾勒出自己的江山，仰望俯首间，一本关于牡丹与自我的史书。

行走乡村，总会看到庭院里的牡丹，开得热闹。也会循着香气，觅见几株牡丹。当下的农家，日子过得红红火火，院里院外总是要栽上几株牡丹的。虽说当初栽种时植株小，可没几年，就长高了，枝繁叶茂，花自然也多，花头也大。牡丹也解风情，不管在农家还在街头，总在前前后后，起起落落中，次第开放。

晴好五月天，牡丹三五朵地开了，在院中摆上炕桌，支上凉伞，喜茶者，三泡台的盖碗茶，牡丹花的水，掌心托着牡丹花色的三泡台，喝着牡丹花水，看着牡丹，嗅着牡丹花香，话题也绕着牡丹，日子赛过活神仙。喜酒者，则是几盅小酒下肚，话匣子打开，兴趣所至，唱上几句，哼上几曲，再也惬意不过。

男人们的日子，一天如此打发，也不怕耽搁活计。牡丹一年只看一次，活可以天天干，可不能错过好日子。

乡下女人也爱美，自然也不会与此美妙时光擦身而过，相互撺掇进城看牡丹，或者干脆聚在一起，来个茶话会。有的女子，即使如此，手里也会举着鞋垫、枕套、苫巾等一些绣活儿，五彩丝线，指端的牡丹，也在白色的布头上盛开，其淡雅，其娇艳，与那些飞针走线的绣娘一样，其心其性，皆如一朵朵牡丹花。很是钦佩那些女子的眼力和心性，大红大紫大绿，凡是自己想到的花色，都毫不保留、无所顾忌地任其绽放。

老太太岁老眼昏花，却对牡丹喜爱有加，一枚随身携带的针插，图案也是离不了牡丹的。红的，绿的，紫的，黑的，但凡喜欢的颜色，由着自个的性子搭配，在一针一线中，让针也在藏身处盛开在一朵朵牡丹间。

因为牡丹，临夏被冠以“中国牡丹之乡”；因为“花儿”，临夏有“中国花儿之乡”的美誉。如今，两大关于花朵的殊荣，让河州子民备感荣幸，虽说二者看似毫不关联，实又紧密相连。一首首脍炙人口的“花儿”里，白牡丹、红牡丹、黑牡丹，那些耳熟能详的唱词，都离不开。“阿哥的白牡丹”“尕妹是牡丹”“尕妹是牡丹院子里开”，等等，牡丹是“花儿”表达爱情不可或缺的。

在牡丹园里，喝牡丹花茶，听牡丹令的“花儿”，徜徉在西北独有的紫斑牡丹丛中，眉开眼笑，生活也变得国色天香，日子过成了神仙。

世间所有的美，都会令人心生遗憾，牡丹花也一样，粉墨登场之后，又在凋零中退场，花瓣随风飘落，零落成泥。有心人，总会俯身捡拾，而后小心翼翼夹在书本中，当然是心仪的书本，随时一翻，一股清香淡淡入鼻。虽历时日，但弥留的气息，几年间依旧淡淡地荡漾在书中。

河州最美五月天，牡丹月里乘风而来，春风十里，万千花影，潋滟春光，牡丹就这样让人生如此惬意。

假日小资

自从有了国庆长假之后，扳着指头算长假的习惯就未曾改变过，假日里，即便窝在家不出去，也是极为美好享受。

细数过去的国庆节长假，除了去年假日去了一趟草原外，每次都在乡下。其实，去年如若不是母亲和她的学友们去欧洲旅游，要在4号启程送她，我也是不愿早早结束为期三天的外出，一路急吼吼赶回的。

不管是夫的老家还是我的老家，抑或我的出生地，我与那些村庄都有着难以割舍的感情，即便一晃多年，在小城里过着匆匆的日子，依然会在夜深人静时回味乡下。

日子像风，在忙碌里将亲友和记忆推远又拉回，那些村庄，那些山坡上的蓝色雏菊，那只懒洋洋的狗，还有田野里时刻等候被掰下的玉米棒子，金灿灿的身影藏在浓绿之间，也数着国庆放长假的日子，等着我们走亲访友后的称赞。

当然，最盼着我去的大概还是那些土豆，黄土高原和青藏高原结合部的黑土、红土以及最忠实的黄土地，令其从落地、发芽、生长到成熟，饱满的不仅仅是那一个个大小不一的果实，还有那一朵朵朴素的花儿，用简单与风私语，与季节热恋。

谁让我对土豆百吃不厌呢？谁让我对土豆有着别样的情愫呢？谁让我是土豆花一样的女人呢？

此刻，我听着音乐，十指敲出的一些文字，在秋日暖阳下有了别样的感觉。

窗外，秋风下的景致，与记忆里的秋，与记忆里每个国庆长假前的心情，似乎别无二致，只是心，多了坦然和沉静。

有人说我的文字有点小资，与生活格格不入，可我行我素算是个人的习惯，就算是坐在老家与我无关的地头，我心头也会有一首有点忧伤又有点遥远的歌声，漫过我的目光，在田野里散漫。甚至，我会将速溶咖啡装在保温杯里，带到地头，抿一口，望望天，注目游移的云朵，眯眼享受。当然，我也会举着一本百读不厌的书，哪怕看几行，或者就那样举着，托腮沉思或者任思绪信马由缰，让蓄谋已久的温暖，浸过我熟悉及不熟悉的村庄。

那时，我觉得不仅我的文字有小资情调，我的心情更是。

我会专注某块地里挖土豆的人，三叔、堂哥抡锄刨土豆的铿锵有力，三婶、嫂子扯秧的躬身弯腰，以及堂弟们捡拾土豆的喜悦，悄悄融成一幅简单的剪影。

不管哪里，秋后翻开的泥土，崭新的感觉，在拥有与失去间，目睹四季的轮回，目睹乡村的老去。

夫儿时的玩伴，开着兰驼车，突突路过，看到夫，放慢速度，大声喊着夫的小名，继而停下，下车，惊喜地聊上几句。他们递烟点烟间，他们的童年，快速飘过。烟只抽了半根，他边说去地里拉玉米棒子边上车，又突突而去。那突突声，与他鬓角浅浅的泛白，忽然在阳光下接近玉米棒子的金黄。

贵人太爷，佝偻而来，与他的名字一样，在村里还真像个贵人，身后跟着一只山羊，一根绳子连着他们，一前一后，两人的胡子，写满故事。

姥姥不在了，她曾迈着小脚在田埂上颤颤巍巍的样子，永远成了田埂上的记忆……

小资地坐着，看景，想事，幸福的简单里，简单的幸福里，起身，返回。

老家村里那些个夺目的小院，红红火火。堆满院子的玉米棒子，挂在檐下的红辣椒，以及挂在枝头的梨，用橙红黄绿，讲述日子。

而我，像个从来没有离开过家的人，在村外转了一圈，猫儿打了个盹儿的工夫，我从梳着羊角辫的黄毛丫头，转眼迈进不惑的门槛，但喜欢揪根冰草衔在嘴角的样子，从来没有变过。

也就在此时，离长假还有几天的午间，我的心衔着冰草，一根嫩得掐出水的冰草，坐在地头，吟诵关于风的诗句，捕捉一只蚂蚱上蹿下跳的瞬间，顺便给了大地一个惬意的微笑……

做一朵最美的女人花

“我有花一朵，种在我心中，含苞待放意幽幽……”

闲来无事，时不时哼唱，居然觉得自己就是一朵花。

即使再有万分相似，眉眼不差分毫，走姿，脾性相差无几，难辨真假，我依然是，一朵专属自己绝版的花。

花朵怎是绝版的？细想，我们这些女人花恰恰是绝版的！每朵各自绽放，朝朝暮暮，每一天都是花期，每一天虽有重复，却也色彩斑斓，幽幽地绽放。

属于自己的城堡里，柴米油盐酱醋茶，舌尖上的故事，城堡里的喜怒哀乐，都被一一笑纳，日子由此也散发一缕暗香。

有时，想安静地一个人走走，一些过往，“才下眉头，却上心头”的愁绪，在一次次地散漫中，开出一朵沉静之花。

因为自己是朵花，所以更喜花花世界里的花事。小城之春，炎夏，初秋，以及严冬，花儿朵朵地开，心情也跟着一茬一茬一季一季的花事，有些心事忽然变得香甜，有了岁月的温度。

随意至“采菊东篱下”“对镜贴黄花”，继而十万次地想象，自己可以是一朵千姿百态的花儿，探春、迎春、杏花、梨花、牡丹、芍药、郁金香、雏菊……但凡是花，想象那些娇媚和妖艳，当然还有素素的浅淡，甚至可以视作一朵甘菊，在玻璃杯中浮沉，无限制地放大最初，杯水的江山里挥就一世的情缘，多么随意。

偶尔，在那么一个古朴的小酒馆里，邀友，要么三盏两杯淡酒，要么一盅梅子酒，要么一杯白开水，掏心掏肺地絮叨光阴的故事，其间的惬意，其间的舒爽，其间的美好，岂是一般人可知的？

无乐无曲，就是叙话，一点也不寡淡。几碟冷盘，一口薄酒，恍惚的记忆在摇曳。

有些事，想来就是随心随性的，苛求只是负重心情。奖励自己一朵花，给心情敷张面膜，给灵魂放个假，在间或的无奈中辟出一个别样的自己。

挑灯夜读，又是一个惬意的夜晚。月光泻入室内，双眼生涩时，采摘那枚月光，放置案头，或移步窗前，仰望，学李太白的“对影成三人”，即使不举杯，夜读的万千美好，也在刹那间灼灼升华。

月儿是沉静的，沉静得竟突生一些依依不舍的情愫，索性，虽不是中秋，赏月也是雅趣。

于是乎，孤芳自赏，对月呢喃，或是来口小酒，令赏月酣畅淋漓，如此一番，更是妙趣。

于是羡慕能饮酒的那些女人，饮得优雅，饮得洒脱，饮得不落俗套，而后兀自盛开成一朵花，一朵时光之花，一朵酒仙之花，一朵梦之花。让心舞出娇艳，孤芳自赏也未曾失意，雅意，雅静，雅情，就那么着优雅上一回，抑或癫狂上片刻，实乃美事。

设若有那么一天，若可，我不是浅酌两杯，而是要美美地饮几杯，而后舞一段，或者扔掉拘谨，癫狂地拉上一通二胡，让思绪飞升。如此，就好！

就是这么一朵普通的花，就是这么一朵绝世的花，也要吟咏出绝世的花语，在山之巅，在云之端，在海之底，在珍贵的人世间，珍贵上几十年！

听　秋

曾经，那般地喜欢冬，喜欢冬雪飘飘的街头，更喜欢在雪地上咯吱咯吱踩出的脚印，整齐又杂乱。后来，又喜欢春，喜欢春花怒放的妖娆，更喜欢花香四溢的美，当然还有在那暮春午后和暖阳光下的静坐。

年岁渐长，便爱上了秋。且不说那风轻云淡的阔远，就是那丝丝带点凉意的风，穿过俗世的梦，被装进感觉，也令文字惆怅万千。

初秋，仲秋与暮秋里，最爱晚秋了。

因为爱，也就喜欢听毛宁的那首《晚秋》，只是更喜二胡拉奏的调调。我一个五音不全的人，居然迷恋二胡，练字或是收拾家务或者做饭时，会让那缠绵到令内心感慨万千的曲调，在身边漾开。

虽说调子有些凄婉，但心并不忧伤。日子怎么可能只有欢笑呢？唯有悲喜相加，才叫烟熏火燎的日子。就在听去哀怨的琴声（应该是“弦声”吧）里，我的心却一点一点地平静。

就在短暂的平静里，满树繁华的日子，摇曳着金秋的色彩，层林尽染的美，展现出非凡。

非凡又是什么呢？具体我也不知。只知就在一棵树上，秋至，感性的叶子，在枝梢泛黄，由明亮渐趋暗淡，最后飘离。更有甚者，用一抹独有的嫣红，飘摇出卓越的美。一棵树上，叶子绿的绿着，黄的黄着，橘色的也铺陈其间。犹如一幅油画或者水彩画，一笔一笔，用橘黄橙绿勾勒出一个季节。那个季节单唤秋，深秋。

浅秋也是令人分外爽心的。早晚的凉意，需加单衣的举手投足，让日子显出一份无奈。

我也喜欢在微雨中行走，不撑伞，就那样走着，忽视周身的人来人往，沉湎雨滴的抚摸，很是享受。年轻同事说我是个浪漫的人，他也喜欢那样，但不喜欢独行。或许，不惑之年，浪漫徒有虚名罢了。我倒是习惯了独行，生活不会让你永远处于热闹中，三三两两为伴的行走，不会永远。所以，适应显得很重要，就像适应季节一样，应该适应生活中所遇到的一切。如我适应在大多的日子里听秋一样，尽管有些孤独感，但现实超越了喧嚣，适应孤独，很不易，所以难得。

秋雨是有些凉意的，加上那些风，秋花慢慢老了，在日渐高远的感觉里，浓缩自己，升华秋，便是他们的初衷吧？

有时，我似没心没肺一般，漠视了那些秋花的缤纷，很迟钝。可顿悟之时，雏菊，那些妖娆的黄与蓝，蹲在了记忆的门槛上，唯有期待来年的秋了。

也是，田野里的秋花，尤其是雏菊，在我文字里歇息的雏菊，在我固执地感觉里，用明亮的黄与深邃的蓝，给我飘摇出乡村的精美。我是喜欢那些雏菊的，每年，都会留下一张剪影，让时间分享。

美美的，在秋雨中睡个懒觉，不是席梦思，而是在老家的土炕上，温热的身底，弥漫出真实的舒坦。老说接地气，我总觉得睡炕就是接了地气，踏实不说，身板受用。

大概，我与生俱来就是一个乡下人，原本就是，只是在城市里借宿，租用一方天地，打发一段时光。细想，就是那样的，我的好多日子就是在乡下度过的，何尝不是呢？时至今日，几乎每周一次去老家的惯例，无须多言，肯定了我在城市仅仅是个过客而已。

不管是城市的过客还是季节的过客，秋与我而言是真实的，与每个人来说是真实的。与我更真实的，该是一份难以言表的情愫。

心似在浮沉间，对秋的恋恋不舍，在文字里，在二胡的拉奏里，弥漫出日子的饱满。在阳台上，刻意，与一方阳光为伍，与一缕风为伴，打开窗户的那刻，不管灵感还是别的，在发丝的舞动里，耳边一个个与秋有关的前尘往事，纷至沓来。

风居住的街道，是怎样的一个街道呢？

我侧耳倾听，用心，等候一段日子的安宁。我家阳台，给我的一个秋，明晃晃的，是那一截一截延伸的阳光，以及我满心欢喜的美好感觉！

秋苇以枯黄渲染诗意

久居小城的人，对于节气不似农人那般在意。可是，不管如何，每到一个节气，心也会像那枝梢流动的风儿一样，还是有些欢喜。

立春日，天气尚好，恰逢休息，与年轻的泽和静漫步，她们二八年华，正是妙龄时光，又有心仪之人，美好漾在她们眼底，受她们感染，心一下子活泛了。

走在大夏河畔的滨河路边，沿河慢行。虽说河的水量不大，不够气势，但经政府打造，成为景观后，那些亭子，那些栏杆，居然让小城有了点诗意。

这十几年来，不曾这样走过。尽管行走的时间短暂，但那雪落的河滩，那薄冰堆叠的景致，以及一些水流处，浅滩处，一些水鸟的游动和安闲，感觉春就在眼前。

泽说这场景应该有鸟。有啊，水鸟就在那里！在晒太阳，在游动。动静相宜，画面极美。

因为相隔较远，听不见水鸟的鸣叫。晒太阳的，散在那些冰面上，左一个右一个，保持着恰当的距离，就像麦田里的粪堆，又像窑厂里晾晒的瓦桶。粪堆也好，瓦桶也罢，摆成一个扇面样的，供我们这样眼馋的人欣赏。

一丛芦苇，疏密有间，高挑而立，一片银色里，以枯黄渲染安静。清风一过，摆动几下。

静说，感觉真好。

泽和静又说那些冰，薄厚不一，人踩上去会裂开吗？于是，三人又扶着栏杆张望，叽叽喳喳，提起童年，提起溜冰，提起冰的厚度。

童年，童年。那个一去不回的年代，居然那般遥远。儿时的话题扯开了，沿着只有断断续续流水的河，说着看着指着，记忆回到童年，很是简单。

离市区近了，人多了，喧闹突然赶走了一些闲散与安静。车流，人流，在红绿灯的交替里，斑马线前总有等候的人。一份难得的心境，再度陷入一种多年来的节奏，穿过小巷，穿过大半个城市，方觉得小与大。

街头的人，步履匆匆，商场大概也是人满为患。静说要买个本子，闲了写点东西，顺便练练笔。真好，把日子润色得恰到好处，听着舒服。

难道是立春的原因吗？难道是因为春天的脚步，让风也暖了吗？突然发觉街头那些树的枝头，定睛细看，舞动着一些芽苞，隐隐的。

师父说，春在心头，所以才会看到那些芽苞。

记得儿时，要过年了，每个人都在忙，忙里忙外的，就连树梢头的麻雀，也叽叽喳喳地厉害了些。我是欢喜的，欢喜大人们的忙碌，欢喜于盲目的欢喜里，整天奔跳着，等着年的到来。每每腊月二十一过，姥姥就念叨开了：今年的馍馍要少做些，春打的早，会坏掉；今年的馍可以多做些，春打的迟。今年的，今年的，在姥姥的念叨中，年复一年的今年，让表嫂有一年做得多些，有一年做得少些，如此反复。

我就纳闷了，会问姥姥：春在哪里？怎么打？用鞭子还是用棍子？姥姥笑而不答，挥挥手，让我去玩。

数九寒天，我琢磨着打春的事，问我的玩伴们，她们一概摇头，问兰芳，她虽说比我大，也不知道。最后问表嫂，表嫂说打上春了，地就要慢慢开始消了。

我更纳闷了，地还会消？纳闷于事无补，春照样打，夏照样来，一切照旧。我受姥姥的影响，打小就听姥姥念叨节气。说打春，说雨水，说惊蛰，说谷雨，说到冬至就到头，又从打春开始了。

不是那 24 个节气一次就入耳的，就像我慢慢长高的个头，几年间就记住了，只是乱了次序。但是并不在意，直到从开始懂得一点词语赋予的美妙开始，我渐渐喜欢上 24 个节气名了。

立春，雨水，惊蛰，春分……就像顺手牵羊一样，一个节气一个节气地被牵走了。这几年，母亲也会念叨：今年的春打得早，打冷了；今年的春打得迟，打热了。我再也不会纳闷，何为打得早何谓打得迟。

春一直暗藏在每个人的心底，大家都在打着暗语，很含蓄，没有说出，可就是这么一个特定的日子，就在那刻，春一下子醒过来了，挂在嘴边。

这日子，便一下子活泛了……

花事河州

春至，大地上的花朵渐次开放，而生活在临夏这块土地上的人们，与这片土地染成一色，融为一体，也像一朵朵花儿，怒放一袭暗香。

于是，一个个与花儿有关的日子，令人那般惊喜。

春寒料峭，乍暖还寒之时，要么是雨雪霏霏，要么就是灰蒙蒙的沙尘天气，令小城的一些花事变得短暂而又措手不及。一场春雪、春雨，一些花儿的花期就缩短了一半，静悄悄地绽放，如若不细心点，会与那些花事擦肩而过，想要静下心来欣赏时，已时过境迁。所以一定要追着赶着，才能将那黄灿灿、红艳艳的明媚小城之春收入眼底。

不过，也无须遗憾，因为接踵而来的花事，让春的魅力依旧夺目。

蒲公英，算是小城率先感知春的生命，黄色的花朵，在青草芽间很是扎眼。因风而至，落地即生，庭院角落，田间地头，凡是能生长的地方，蒲公英一点也不谦让，充满朝气的黄色花朵被茎秆顶着，四时皆有，灿烂不在话下，正应了其花语“停不了的爱”。

探春将小城春天的信息，也在心思缜密地传递，淡淡的花色，暗自传递给眼尖的人。若经过探春身旁，即使你不在意，压根没有看到花儿，可是那蜜一样的香甜味儿，会扑鼻而来，令你不由得张望、寻觅。

喇叭状的花儿，是不是为了唤醒春天呢？否则，为何探春、迎春、紫丁香的花儿都是小小喇叭样的呢？专注地对着天空，对着春日的蔚蓝，对着暖阳，对着春色满面的人儿，是否在遥想吹一曲关于温暖的歌谣呢？

花的心情，风知道。而小城的人，对于春天天马行空的心思，对春蓄谋已久的欢喜和信马由缰，是舍不得奉送的。

眯着眼，心才能满满地装下整个喧闹的色彩，挤挤挨挨的黄色与嫩嫩的玫瑰红，与淡淡的粉和雪青色相比，浓淡相宜，热烈与安静，昭然若揭。可是，嘤嘤嗡嗡的蜜蜂，恰如其分地勾勒了春色，那些花儿，因为有了喜忧参半的春风，有了蜂，活灵活现在视野里，再惆怅的眼神，也无法拒绝那份灵动。

穿城而过的小河，虽态势不大，却让熙攘的人完成三月去看鸟的约定，看鸟，喂鸟。鸟儿一点也不吝啬，振翅、起跳、盘旋、凌空、掠水而过，凡是自身拥有的身姿，皆一览无余地让赏心悦目和惊叹在河边荡漾。

欣赏需要刻不容缓，否则那些鸟儿在一夜之间会离开，飞向心仪之地，唯有来年，方可再聚。

日子，眨眼间让桃杏的花儿也洋溢出多姿的丰腴。

“花萼相承二月时，深红浅紫总皆宜。”杏花是不甘寂寞的，争春的心情令人敬畏。东乡唐汪川的杏花，与那红塔寺相映成趣，成为唐汪川的一张名片。多少赏春的人儿，在花海中定格心仪的瞬间，岁岁年年，那是何等的快意！老树闹春，发黑的枝干，浅粉和深粉色的花朵，将遒劲一番渲染，状态各自，迥然不同，都努力在春日抒发情愫，很知足又很执着。

桃花挂在枝头时，才慢腾腾地与春叫板，也在冬麦苗儿青青的摇曳间，喷薄而出，自成一景，独有的感觉，恰到好处地涂抹了春光。

梨花与杏花相比，版型大点，梨与杏子本来有别，花朵自然大小不一。杏树枝头发红，有点紧凑时，绿叶也已伸开臂膀了，而树底下已经陆陆续续落下花瓣，点缀了视野。梨花就不一样，花儿怒放时，绿叶也挤挤挨挨的。若细看，那细密的花朵间，嘤嘤嗡嗡的蜜蜂，早就按捺不住而沉浸其中。

花儿竞相开放后，牡丹才把那娇羞的容颜示众，万紫千红，百态千姿，馨香袭人。细思，唯有小城的牡丹，才似武大校园的樱花，甚为抢眼，只要耐心等待，有春日暖阳足够的热度时，花中之王便会芬芳无比。

日子，在花开花落里，丰盈了美。稀稀拉拉的冬油菜，个头不高，但花朵一点也不逊色，一抹明媚的微笑，黄色的花朵，一下俘获目光和心情。油菜花儿开得正美时，放蜂人从四方赶来，让那一箱箱蜜蜂尽情忙碌，蜂人的眉眼比油菜花儿还美。

不可比拟的美，在田野里，让土地饱满的生命，一片纷繁。

核桃花是一些下垂的花絮，绿色的柔荑隐在核桃叶下，毛茸茸的，大概是白杨树之花的姊妹。核桃花絮与所有高田作物的花儿一点也不一样，绒绒的，细细的，像葡萄串，又像紫藤花，也在农人眼里挂上了希冀的微笑和向往。于是，栽植了核桃又有了经济效益的积石山等地，又是一道风景。

枣花是最有个性的，当所有高田作物的枝头都摇晃着青涩的果实时，她才羞答答地从梦中醒来，随着叶子的舒展，小米粒一样的细碎花朵，藏在叶间。

小城春色渐暖，河州的花事，一点也不懈怠，竞相绽放。其间，还有一种花儿，被静候的花儿，多少年来盛开在河州人的心底，隐秘地怒放在四季的，则是流转在歌喉的“花儿”。作为有“中国花儿之乡”美誉的河州，那流传在山涧，响在山野的歌谣，让小城的邻里之间亲密无间。“莲花山花儿会”“松鸣岩花儿会”，以及农历四月初八、端午节、六月六，已是约定俗成的日子，凡是生活在河州大地上的人，不管多忙，不管多远，都会不约而同地从四方赶赴而来，听“花儿”，唱“花儿”，赏“花儿”，沉浸在美好之中。关于“花儿”的一场盛事，在至多三日的热闹后，又归于平静。那些一年只打开身体一次，任“花儿”无孔不入的农家，又俯身躬耕，以自己独有的方式，沉入自我的态势，在大地上谱写属于自己的“花儿”。

第五辑

我在九街等你

我是追光的影子

黄河穿城，彰显灵性。犹如书香贯穿的人生，变得香醇和恬静。

暮秋的下午，躲开纷繁。在黄河边陌生的咖啡馆，临窗而坐，让灵魂歇歇脚，让心沉静，让十分的美好丰盈内心。

阳光漫过来，秋的目光轻抚过往，前尘往事皆在那缕缕的尘烟里，听喜欢的歌，读喜欢的书，随心又随性。

品咖啡，静读书，看景，听歌，甚至带上笔记本电脑。一边听歌，一边打字，键盘的敲击，犹如音符的弹跳，享受阳光享受美好。

就在那样一个秋日午后，凝固的诗情，敞亮的心，都会随着黄河水缓缓又缓缓。心的远眺里，秋风会吹过原野，会掠过林梢，会弹过河面，会在一只鸥鸟的展翅里，让灵魂无比沉静。

我要慢慢地品味那杯咖啡，要么卡布奇诺，要么拿铁，要么蓝山，不过最好还是卡布奇诺。再来一碟西梅，或是一碟花生米，一小份薯条，独坐亦可，或是有友相伴，安然不在话下。

人是需要独立空间的，心亦如此。

咖啡馆里的歌曲，总是很走心，赵雷的《成都》，令心在一丝感伤和唯美中沉静了。

能与赵雷的弹唱相媲美的人，寻来找去，陈其豹跃入脑际。

他是我家少年初中三年的班主任，作为英语老师，用自己特有的教学方式和爱心征服了孩子们。

小城有许多异乡人，他是其中之一，大学毕业后驻足，停留，与至爱结婚，携手共进在教育战线上。17 年来，他由异乡人成为故乡人。

与许多初心不改的人一样，温情地重复初心，重复教书育人的执着，重复所有的重复。

盈盈的光影里，他的记忆划开他的执着，以他狂热之心为大地文身，在他缔造的大家庭里，爱的面纱一次次地被撩开，忽闪着星光一样的惦记。

他做着朝圣的人，在初中英语特色教学的课堂上，打开自己的灵魂，端端正正地行走，五体投地的跋涉，为一双双渴慕的眼神，为一个个纯洁的心灵，用他心爱的吉它弹唱，突生花腔咏叹调的高亢……

缘于喜欢赵雷的《成都》，所以无意中听到他的弹唱，倒是感觉不错，虽不及原唱，但有自己的风格。那低沉的弹唱里，依稀能看到他春风十里的浪漫，唯美洇开的蓝天下、云端上、山之巅、水中央，他把日子过成诗、把光影雕琢成画，让美好不容置疑在空气中，闭眼就能嗅到芬芳。他让那些美得不得了的景物，流动的温情，舞动的温暖，还有那明媚的蓝，沉醉每一节课，每一天，每一周，每一月，每一学期，每一学年……

他把他的学生珍视为自己的孩子，敞开心扉把爱在孩子的心田上挥毫泼墨，淡然又安静。如果夸张一点的话，他的爱一次次地撼动了月色，一次次地穿越了他所带过的孩子的内心世界……

“爱”是特别特别珍贵的字眼，他一点不吝啬。多年来，他让自己的爱累积成清泉。

人就是这样，因为一首歌而会想到一个人，然后又会念及其人可赞美之处。

在可回首的岁月里，有些人犹如草尖上的露珠，闪耀着四季的光芒，只要提及或是想到，幸福充溢目光，一切显得弥足珍贵。

思绪会延展在花香十里的歌声里，在万水千山的情愫里，回忆一点也不寂寞，繁华重演，犹如海上的烟火，耀眼我的影子。

如果能在这样一个秋日的下午，欣赏他们也闭眼沉醉自我的弹唱，该是多么美好的假设。

如果那样，一曲弹唱毕后，小酌一下也无妨，杯水作酒，喝得心晕晕乎乎，喝得灵魂悠悠忽忽，岂不美哉？

如果真是那样，我会幻想是追光的影子，就那样闭眼，只愿沉醉，在双耳读不尽的唯美里，往事胶片一样，如阳光倾落，闪现万般美好。那些宛在水中央的清歌，令时光推杯换盏。我最初的真，与好多初心不改的友人一样，让余生在文字里穿梭描摹，亦可在歌声里徜徉，还可在色彩里奔跑，更可在光影里静默成一幅画，专属于秋光的画，没有做作，有的只是发自内心的欢喜。

人世间的爱就是如此特别，如此简单。比如夏风，比如秋光，比如霜雪……那些爱会把灵魂打磨得具有牡丹的芬芳，具有桃花的无所顾忌，具有睡莲的安静，具有山菊的淡然，具有霜花的离离，具有热闹，具有安静，具有万物给予人生的光鲜。

如此，让心沉浸，又是多么简单的幸福！眷恋温暖光阴，欢喜绽放暗香……

想必，那些曾经不眠的日子，心塑造的书香空间，晨风中、晚风里，静思、吟咏，诗意在延展，书香在洋溢。

花香，书香，让小城淡然，恬静。一豆灯火的夜读里，能读懂生命，学会聆听，唇齿留香，日子过成了神仙。

思绪会弹跳，心思会乱了章法，虽在咖啡馆里，可是根深蒂固的思念，会摇曳童年所有美好的记忆，性情中人亦不例外，想必他们也会把目光停留在一茬一茬的秋光下，让心沉稳。

六弦琴会沉寂，会歇息，那么再捧一卷书，最好是《诗经》，抑或唐诗宋词，一字一字再读，尽管读过多次，可是，秋阳窜入一扇窗的轻柔里，片段被温暖，又是多么惊喜的事呢？

人的一生，都在读读写写中装扮、梳理自己。你，我，他（她），读写的人生，铅华洗尽，精彩依然。思绪会抛锚，目光会游离，不管时光如何，用一生的爱扫荡他（她）们的目光，知己也好，闺密也罢，心的停留，宁愿安静地注目，也不愿做最熟悉的陌生人。

快乐，幸福，甜蜜，表达不会是遥不可及的花开花谢。

沉默，沉沦，曲折，祭奠，悲哀，也是财富。

如此，人生才会圆满。

一切会渐行渐远，不管怎样，心性不会消失，渴慕的事不会放弃，仰慕的人不愿遗忘。那么所有这些，包括用六弦琴弹奏的，不是温暖的有氧浪漫吗？

美得其所

家里的一株龟背竹，叶片像伞盖，每天注目其绿油油的叶子，再看那有些饱满又有些干巴的根，不以为然。

起初，从母亲家搬过来时，只有三片叶子，跟大饼一般大的叶子，在母亲特意栽植的长方形紫砂盆里，斜斜地落户我家。

我家唯一令我引以为荣的，是那阳光。光线最远洒到客厅中央，令我不得不拉上窗帘，保护沙发和电视机以及柜子免受直射。尤其是冬天的时候，那光线令来访者羡慕。那盆龟背竹，自然移到阳台上，早间午间，备受阳光宠爱，那叶片，在不经意里悄悄舒展身姿，咕嘟咕嘟喝足阳光，休息。

啤酒擦拭的叶片，羊粪蛋蛋埋于根部浅土，两三天浇一次水，偶尔来点剩余的羊肉汤，每每此时，我似乎能听见龟背竹拍手叫好的欢喜。

于是，三片叶子变成四片，四片变成了五片，随着叶片的舒展，像筷子般粗的根，嫩嫩地裹着褐色的皮肤，从一拃长变成一尺。欣喜之余，买了一个圆形的大盆，从花市上租了个三轮车拉到楼下，末了扛上楼，光那气喘了老半天。旧花盆的土，倒进新盆，只是刚埋了底，离满盆差得太远，一编织袋土，才填满。就那样，五片叶子的龟背竹，安安稳稳地扎进，由着自个性子生长。

一眨眼，落户的龟背竹，叶片纷繁不说，且大似蒸笼，并自成一景，来客夸赞，备受青睐。一根两米来长的竹竿，在儿子的爷爷的一番心思下，散开的叶片，有些收拢，自然占地少了，看着也舒服。

大概五年后的春日，我围着龟背竹，反复欣赏。儿子的爸爸戏谑，说有什么好看的，几片叶子，实在看不出好。我撇撇嘴，回敬一句，说他不懂美。

其实，说白了，就几片肥硕的叶子，像被人撕裂了，何来的美？而我觉得就是好。有天，发觉中间长出了一枚像毛蜡烛一样的东西，很好奇，轻轻捏了捏，硬邦邦的，我猜测是花，可儿子他爸不以为然，说奇了怪了，龟背竹会开花？是你想象的吧？我不理睬，打开电脑，百度了一下，呵，还真是花苞。

不过，说实话，龟背竹的花不好看，跟白掌的花一般，只是体型大些。大也好，不好看也罢，毕竟是我家的龟背竹。尽管与那些娇艳的花儿无法比拟，更无色彩的炫亮，但就在我家的阳光下，在我的视线里，像我的宝贝儿子，着实费了我的不少心思。

花苞很执着，不到花期一直就那样硬邦邦的，由小变大，持续了近两个月，在我忙活了几天后，突然发觉花儿开了，与网上的图片一模一样，花蕊淡黄色嫩粉粉的，想伸手摸摸。椭圆形的花瓣，肉质极厚，浅浅的鹅黄色，在绿叶间，摇曳得恰到好处。

龟背竹一点也没有辜负我，那花开了好久，我笔会结束归家，花蕊却还在，尽管花瓣掉了，之后慢慢发黑，而后掉了。

一季的花儿就如此谢了，应该说不是一季，而是几季。那一段时间，龟背竹成了我的炫耀，无论是亲友还是邻里，凡是目睹过它风采的，没有一个不啧啧称赞。其实，也有几个不称赞的，说树形不好看，说太大，占了好多地方。不过，我是左耳进右耳出，依旧呵护有加。我的地盘我做主，不好看又如何，占地多又怎样，又不要钱。

龟背竹真给我长脸，开了一朵花的时候，我的第二本散文集诞生，之后，花儿歇了一年。我的文字不知不觉间，加起来竟成一册集子，此外，分类梳理之后，居然能成两本集子，散文集和散文诗集。沾沾自喜一番，开始着手梳理，有时淡忘了龟背竹。不仅忘记了龟背竹，连其他的花儿也被冷落。

也不记得哪天，突然发现龟背竹长出了两个花苞，一大一小，我欣喜若狂，咋咋呼呼地大喊。儿子他爸以为我看到了蜘蛛，急吼吼地从卧室跑来，在叠声的“怎么了”里，我站在龟背竹前，指着花苞的样子，让他恢复神态，埋怨我一惊一乍的。我和儿子左看看右瞧瞧，夸赞又高兴了一阵后，才坐下来，面对着涂有紫气东来的花盆，发觉有些根儿干枯了，有些细小又嫩的根，在紧跟着叶片的地方怯怯地张望。

两个花苞，两本书，多么相得益彰，提前跟我道喜一般。我很兴奋，不仅对双胞胎的花儿，更对双胞胎的书，不管我的心思在哪里，两者都是我喜欢的。

花期而至，一前一后，花儿一次开放，依旧淡淡的色调。我的文集在日子的风风火火里，随着花儿的凋零，相继扑面而来。

之后，龟背竹似乎有点蔫蔫的，叶片也不油亮，尽管我努力几番，也没有多大的改善。尤其是盆中的根，起初是一根，而后两根，三根，越来越多的根，渐渐地失了水分，到后来，手试试的话，咔嚓一声，折了。不知道是何缘由，是双胞胎花，使全身的能量消耗殆尽，还是到了生命的尽头？

百思不得其解，加肥料，又换土，似乎缓过劲了。儿子的爷爷，在儿子的爸爸的帮助下，先是砍掉叶子，咔嚓，咔嚓，几下，叶子纷纷倒地，像一棵树倒地那样，訇然倒下。紧接着，把龟背竹整个从盆中挖出时，盘根错节的根儿，土块较少，养分如何传递呢？在他们一声声的啊呀中，只见菜刀左一下右一下，只几下，一堆的根儿，冒着白色汁液，堆成小山状。我也惊呼，没有想到根那么多！

残局几下就收拾掉了，很可惜那些大伞一样的叶子，儿子拿了当玩具，耍来耍去，最后带到楼下，在院中当伞。那会雪粒簌簌，恰好儿子以叶做伞，倒是遮掉了雪粒。

盆中龟背竹硕大的叶子没有了，只剩了一片，可怜巴巴地，有点看不惯，光秃秃的，怎么看都感觉怪怪的。可惜了花盆里的土，还有那些肥料。唉，也好，让盆子缓缓，这些年，倒是委屈它了，挤挤挨挨了那么多的根儿，舒口气都不行。

在阳光下，花盆显得太大了，以前没有发觉，独剩一片叶子，形单影只，空落落的花盆，实在看不过去，买了一块钱的香菜籽，儿子的爷爷信手撒了，层层叠叠的。我当时就有点发愁，那么多，怎么发芽，怎么生长啊？发愁归发愁，浇水松土，照旧。原本以为，那么多籽儿，闹哄哄，肯定长两三棵就差不多，哪里料到，充足的阳光，恰到好处的水分，一周后，花盆里，绕着看不见根的叶子，四围稠密地，细小的香菜籽居然发芽了。儿子的爷爷说，香菜肯定长得好。我心里嘀咕，花盆里好好的龟背竹，换成香菜，长得好也不如龟背竹。但我附和说，阳光这么好，绝对长得美。

唉，哪里的美呢？正月就在忙碌里窜过去了，二月的春风里，在阳台上欣赏，满目最绿的居然是香菜，稠密不说，长得茂盛，与龟背竹唯一凸着的叶子，矮不了多少，自成一景。多看几眼后，倒也满心欢喜。且不说香菜，就说那花盆，是否因为满盆绿油油的香菜而心生喜欢呢？

难道不是吗？花盆与香菜，美得其所，各自享受我家阳台上的春天，还有我的呵护。

吾儿未大吾已老

无论何时，只要我下班一进家门，儿子都会张开臂膀，双手搭在我的颈项，腻歪一番，才松手。末了跟在我身后，看我换鞋，洗手，才去写作业。

如此，已有两年。细想，儿子也真不易，自上了五年级，总是一把家门的钥匙用链子挂在腰间，放学自行回家，一入家门，即打电话告知我们。寒假暑假，雷打不动，并成习惯。儿子在电话里问的第一句话就是妈妈加不加班，每次听到总觉得亏欠儿子，心里不是滋味。只是择业如此，有时加班到凌晨才回家，家人已熟睡，起床后儿子已上学了。内疚也好，抱怨也罢，只有坚持。

儿子腻人也黏人，有时乘我不备，会从身后拦腰抱起我，在我哇哇大叫里放下，后旋至正面，在我假装的怒意里，抬头举手与我比个头。看他扬扬得意样儿，似乎他真比我高，似乎他一下子长大了。其实，儿子的个头已至我额头，甚至还高点，在我没有剃发前，头发成为制高点，看去还高点，如今寸长的新发，刚盖住头皮，哪里还会起到增高的作用呢？

每每此时，我总是撇撇嘴，翻几下白眼，明确告之，就是你高我两个头，我依旧是你娘，不会喊你阿哥。儿子一听，乐了，仰着那张肉嘟嘟的脸，在我脸上蹭几下，妈妈，妈妈地喊几声，说我依旧是他娘。

每有此况，儿子他爸就会瞪我们两眼，摆摆手，躲至阳台，看着窗外，不理会我们。

儿子已慢慢长大，不再是那个小时举起臂膀要我抱抱的软嘟嘟小人儿，倒是我似乎小了，不是被他抱就是被他硬拽着背。往往他把人拉到他背上，强行背了，还要往上掂几下，令他的弟弟妹妹们乐得咯咯笑个不停，倒是我们大人，一边拽紧他的臂膀，趴在背上，一边叫骂，还腾出手拍几下。

我们出一身冷汗是难免的，儿子也是满头大汗。一个怕一个累，都让汗珠出了风头。

俗话说，养儿防老。中国多少家庭不是如此呢？再看看那些独生子女们赡养四位老人的无奈，以及诸多的空巢家庭，难免心里五味杂陈。于是，时常念叨，就是天涯海角，我也要跟着他。他爸却一脸木然，说要进养老院。我反驳，我是坚决不去的，死也要跟着他。

两点一线的生活里，时常看见那些躬身弯腰，提个马扎的老爷子们，聚在一起，要么晒太阳，要么玩牛九牌，要么看路人，一年四季，不曾改变。久而久之，熟悉了一些人的面孔，没几年，老面孔不见了，新面孔不断闪现。偶尔，路过时侧耳倾听，说谁谁走了，一声叹息里，我也一下子老了。似乎与那些提个兜买菜的大妈们一样。

倒是羡慕那些跳广场舞的老头老太太们，除了雨雪天，雷打不动的晨昏里，甩膀子踢腿跺脚，扬臂扭腰，沉浸在舞曲里。尽管跳得不怎么样，但那陶醉状，的确令人艳羡。

每每我羡慕时，儿子的一瓢凉水泼来，说有些跳舞的人，大都矮墩墩的，越跳越胖了！我无言以对，儿子的话也没错。

儿子还小，不到尽义务的时候，倒是我们还要继续尽义务，要让他吃好穿好，要让他上学。再过 20 年，我是否也是这些舞者中的一员？如此反问，儿子撇撇嘴，宽慰我，说我还得抱孙子，忙呢。

难道我的老年生活就是个抱孙子吗？在我的郁闷里，儿子却“义无反顾”地当了真。一次，与儿子闲逛，看到一个三岁幼儿，发型怪异新潮，小脸软嘟嘟粉嫩嫩的，不由地多看了几眼。儿子说，他以后也要给他儿子理个那样的发型。我挣脱他挽我的臂膀，反驳说我还不想老，我不想当奶奶！儿子却挽了我的臂膀，一个劲地说别再羞他了。

这些日子，积极参加群众路线教育实践活动学习。在家谈论，儿子有时会听一两句，而令我惊愕的是，他说他是我家的群众，我们要为他服务！说时，还咧着小嘴笑个不停……

儿子看似没有听我们的，事实上，他的小脑袋里装了很多了，只是，吾还未老，吾儿似已大，如何是好？

复杂的简单

生活里，面对一些摆设，要么关注一段时间，要么即使视觉疲劳也不忍舍弃，占据着陋室，挤挤挨挨。

有些情感也一样，看似热闹，其实如火柴，哧的一声，几秒的光亮后，陷入沉寂。难道不是吗？再炽烈的爱，终有一天会消退；再浓烈的情，岁月的刀光剑影稀释如水，浅淡无比。

与有些朋友也如此，交往甚密，然光鲜的背后，怕是一些淡漠。看似轰轰烈烈的交际，到末了，只是陌路而已。说得好听点就是君子之交淡如水，说得难听点，伤心伤肺的绝交了，一切画上了句号，乃至老死不相往来的甚多。

或许，将情感和人归入摆设，是我愚钝之人的浅见。但日子让我明白了更多的道理。

譬如我家的电视机就是摆设，只有周六和周日打开看看。平常忙，下班回家，懒得打开。日子一久，也就习惯了，用一块布罩住荧屏，过几天才会擦拭一下机座。如此一来，偶有一日，念念不忘某个节目，外子开机，手握遥控板，煞有介事地按键，遥控板居然罢工，更换电池也无济于事，末了出门时揣在上衣内兜里，好去修理。

琐事稀里哗啦一大堆，对一位朋友相邀吃个便饭的盛情难却，前去时几位熟人俱在，相聚甚欢，我乃滴酒不沾之人，故看他们推杯换盏的洒脱，也觉极佳。加之主人妙语连珠，健谈且极为幽默，忍俊不禁，笑得几欲喷饭。

如此一来，索性丢下一切，他们贪杯，我笑纳酒场上难得的瞬间。酒逢知己千杯少，时间超快，我有要事先行一步，席上之人依旧觥筹交错，你来我往，相互致敬里频频举杯，一番悠然自得的劲头，令人艳羡。

一下午一晃而过，我事完毕拨打外子电话，无人接听，后接到友人致电，说外子酩酊大醉，要我去接。我一愣，外子很少饮酒，且不宜饮酒，十多年来，从未有过让我接的境况。难道是豪饮不成？即便豪饮，三两的酒量，且从未有过不醉不归现象，怕是调侃我。起先我未放心头，犹豫片刻，还是去了。

推开包厢门，一位已醉先归，一位作家安好如初，一位后来的书法家，也醉意朦胧，尤为俏丽。外子趴在桌上，摇晃均不应声，真醉了。于是，几番喊叫，之后一一别过。出了包厢，舒口长气。还未等我再舒口气，两位美女追来，其中一位手举着一样东西，叠声问是不是我的？

待看清，霎时忍住笑，假装坦然，但一张口，话没说，倒笑弯了腰。接过遥控板，情急下塞进外子内兜，数声道谢。此时，书法家红扑扑的脸蛋甚是可爱，指着我边笑还边嗔怨，说我真是的，把家里电视机的遥控板都随身携带。我更乐了，简单解释也无济于事，在服务员的偷笑下和外子逃离。

雨，不再闲闲而落，很惬意。外子竭力做到好好行走，在一个家电修理铺里，对一中年人将遥控板奉上，并说明情况。他打开粗略一看，说修不了，坏了，配个新的。我不悦，外子说不换，对方也没收钱，遥控板又躺进内兜，贴着外子的胸膛，上车下车，上楼，最后依旧躺在茶几上。

遥控板结束一天的游历，外子归家即刻卧床而眠，我则左转转右转转，儿子不在，一反常态，窝在沙发里，打开了电视，明知遥控板不听使唤，却刻意举着遥控板操作。嘿，遥控板居然好了，慢悠悠地听我指挥，声音、频道，都按部就班。

难道遥控板在人前一亮相就好了？难道被“羞”好了？或者冷落太久，有了哀怨。

事实上，凡事也是如此，一段感情，搁置一旁久了会蒙尘，一本书闲置成为摆设会有蛀虫，一个人久不联系会疏远，一件事忘记后再提时过境迁，一种情愫深埋心底要全盘托出时成了空白……一切成了摆设。

古人将居所喻为身体，把住宅人性化，意在格局搭配得当。

对于古人，我无法穿越，对于家的布局和摆设，更无天赋，随遇而安，没有过高的要求。然而，对于文字，很想讲究格局，无奈学而不精，乃至处于一种茫然状态，整天懵懵懂懂，很忧伤。突破很难，面对一片空白的大脑，又怎样存在？

“风怜目，目怜心。”或许，万物的羡慕都是彼此的，你羡我，我羡他，他羡你，来来回回的羡慕，构筑了生活。自此，日子有了五味杂陈，有了许多简单的复杂。

我写点文字，钻入一种牛角尖，明明知道症结所在，师长也坦诚相见指出弊端，但跳跃很难，绝不像那个遥控板，忽悠好了，也绝不像一片树叶，在季节的更替里了无变化，而对质变的揣摩，须仔细面对经络的扩张。

“霞乃云魂魄，蜂是花精神。”只有真正体悟万物的精妙，才会有此佳句。而我，何时才能抵达？

山那边风景美

妹夫是名复员军人，尽管在乡镇上班，但他隶属县农林局，所以，每到夏季，就会被抽调到高炮防雹点，到十月才能再回到乡上。十几年的时间里，妹夫去过临夏县南塬、红台、掌子沟好几个炮点。

今年入夏，妹夫又被调到红台炮点。怀揣着一定要去看看防雹人生活的心思，经过防雹点班长的同意，于周六，带着孩子们前去。

周五天气晴好，一想到在炮点上的阴凉，喜不自来，盼着周六是个晴天。未曾料到，周六清晨天就沉下脸，居然还落了点雨。尽管雨点也就刚打湿地面，但还是有点凉飕飕的，碍于计划，准时出发。

红台防雹点就在红台乡北面山顶上，路一直通到炮点，没有多久就到了。

铁栅栏围着的一处地方，几间房子，一门炮，院子里几株柳树、小丁香，还有小葱、菠菜、蒜苗、香菜，使炮点院子里的绿意与周围葱绿的庄稼相比，多了些娇嫩之感。

说来，倒是个夏日避暑的好去处。

在炮点小院转悠了不到两小时，太阳居然羞答答地在头顶了，接着，蓝天白云相继显现，心情一下子好起来了。

两只太阳伞在院子里立起来了，躺椅也搬出来了。风徐徐而来，在躺椅上，躺着能看见山下的村庄，对面山上的村庄、田地，高低不一的庄稼与绿树，还有弯曲如飘带的路，与天相接而又遥远。

山头真绿，只是眯着眼，才能由着自个心思，远了近了，近了又远了，想怎么看就怎么看。目力所及，暗绿浅绿错综，总之是绿。近处的油菜地，大豆田，还有嫩闪闪的麦穗，都在风的相拥下与我点头打招呼。我下意识地点点头，回敬它们一个微笑。

小院右侧的山坡上，地里稀稀拉拉的庄稼，由于远，猜不透长的是什么，依稀感觉是油菜。不知那样的生长有着怎样的结局。而一位抡锄的人，匀速的步子，从那侧而来，入地，开始劳作。一顶草帽，一把锄头，打发时间。

从那人的动作，揣摩出是位男人。男人与女人，劳作的方式，区别在微妙中，锄头的落地，歇息时的站立，揩汗的姿势，以及望天远眺的动作，都是不同的。

收回目光，注意到那门高炮。

在炮点的五个多月雨季里，不管作业与否，它每时每刻站立着，每天接受炮手的抚摸，喜欢或者不乐，都是安静的吧。

听说，乌云压过来时，有些村民们就开始听炮声。有些地方的老人们，能听出是哪个炮点将乌云打散，有的居然能记住打了几发炮弹。如果乌云打散了，没有冰雹，庄稼安好，他们也是高兴的，在炮的响声里，乌云的散开以及阵雨的降落，他们也是心中有数的。

忽然觉得妹夫们的责任重大，他们在执行作业时的认真与否，责任心强不强，与那些庄稼性命攸关，他们的炮声，是在那些老人们的心里回响的。

与妹夫值班的是班长，是个双鬓泛白的中年人，记录，操练，值班，在高高的山顶上代表农人与上天交涉，这就是他每天的工作。

笑问班长，如果在炮点上值班一个月，又是怎样的感觉呢？他说十天半月的话，到临夏市就不会走路了。我理解他说的话，在这“方外”之地，互相说话的人少，在那个院子里，随时随刻，想怎么走就怎么走，除了大风会偶尔挑逗，没有人挡路。再回到都市，在车流与人流中，熙熙攘攘里，一时不习惯挪步，还真是可能。

是啊，在绿野里让思绪肆意飘飞，对于久居小城的人，是奢侈的。但是，像我一样的所谓城里人，即便多么喜欢山顶上的安静，也不可能久居，我们没有学会与寂寞共存。

交谈中，看见院子里的几朵苦菜花，偏在一隅，正顽强而淡定地开放。

沙葱碎语

当几场雨过后，刘家峡的山野，山绿水清，天蓝云白，绿油油的草木，蓝莹莹的天，瞄一眼都心生喜欢。沙葱也暗自生长，绿了一方山野。

采摘沙葱，成了乡村妇女们忙完农活之后的余兴节目。也不用刻意，干完地里的活，路过山坡，顺手掐一把，带回家摘洗干净了，切成寸许长短，拿食盐拌了，装罐，腌渍几天，即可食用。

我一直纳闷，为何永靖山乡的农家有沙葱咸菜，州内其他地方没有呢？虽然一到野葱花上市的季节，东乡族兄弟姐妹会在街头将那紫色的沙葱花摆成景致，吸引市民，好不热闹。

我是喜欢沙葱咸菜的。夫君大姑知我喜欢，每年都会腌渍一大瓶给我，让我的味蕾在这几年没有遗憾过。

沙葱就着煮洋芋，就着馓饭，就着浆水面，那是再好不过的享受。与韭菜不一样的沙葱，味道特别，也难怪被喜欢。

夫君有时回忆起儿时生活，说雨水好的年成，他们放羊时会掐上一把，揉搓一下，要么就着饼子或是馒头吃，要么只吃沙葱，味道也蛮好。

我可以想象，夫君他们在山野间，奔跑，与羊只为伍的日子，那一簇簇的绿色植物给他们味蕾增添的乐趣。

有时不免淡淡地惆怅，大姑已年过六旬，再过几年，她老人家采摘不了沙葱，那么沙葱咸菜就要从我们的餐桌上消失，若要延续，只有跟熟悉的乡邻开口讨要，那是多么难为情的事啊。

我的惆怅令夫君大笑，笑我的痴傻，说没有就不吃了，还怅然。还说一年四季想吃的话，有沙葱咸菜罐头，也像老干妈一样，超市里有卖的。

我愕然，不相信还会有沙葱罐头，哪有那么多的沙葱可做罐头？野生的沙葱，能纷繁成做罐头的势头吗？多少人去多少山坡采摘呢？

夫君又笑我愚笨，说野生沙葱成功移植培育到地里，像务劳庄稼一样，与割韭菜无二致，一茬一茬的，做罐头当然可以的。

好奇心作祟，开始刨根问底。夫君卖了一下关子，说三条岘乡的塔什堡村就有，村党支部书记杨永鹏，小伙子很攒劲，干事利索，有头脑，他就把沙葱咸菜制成罐头，销路不错。

经夫君一说，我没有疑惑，因为夫君在三条岘乡挂职一年，走村串户，熟悉，他不会信口开河。

杨永鹏我是知道的，复员军人，帅气的年轻人，做事稳妥，带领塔什堡村的村民，种植沙地西瓜，养殖山羊，组织带领有头脑的村民去外地美丽乡村考察学习，找寻适合塔什堡发展的路子。

夫君说，与有些村相比，塔什堡村整体发展好，有活力、有朝气。不到而立之年的杨永鹏，能得到村民的信服，甚是难能可贵。

见到杨永鹏，小伙子很谦和、很内敛，一点也不张扬。说起沙葱罐头，他的话匣子就打开了，把沙葱属于什么科，如何成功训化种植，又如何制成罐头等说得头头是道。

他像个研究沙葱的植物专家，又像膳食专家，把沙葱的营养价值如数家珍，娓娓道来。

我是不信沙葱的食用价值和药用价值的，什么降血脂、降血压，富含维生素，有预防老年性痴呆的作用等。

我很简单，喜欢就是喜欢，如同喜欢洋芋，百吃不厌。

与我一样喜欢沙葱咸菜的人极多。听过一个故事，说一位后勤人员，因为喜欢沙葱咸菜。跑到永靖山野，连根挖了那么几丛，栽植在院子草坪的一角，谁也没有发觉也没有在意，唯有他在意。割草机经过时会绕开，只让那几丛沙葱绿绿地长着。长到一拃长了，割了带回家，包饺子吃或是腌渍成咸菜，如此反复，两年多竟无人发觉。

杨永鹏带领几位村民在村里成功种植了一亩野生沙葱，虽说不多，但加工成罐头，精包装之后，沙葱摇身一变，成为高大上的特色调味品。如若日后他们在沙葱品种上多样化，前景将会更广阔！

有些佩服杨永鹏，从最初对加工沙葱有想法到付诸行动，他的胆识，他的勇气，就像沙葱淡紫色的花儿，在花团锦簇的山野，绽放出光彩。

像沙葱一样，从山野走向田间，从农家餐桌走进超市，多么不易！

此时，窗外雪花飞舞，来一碗豆面馓饭，放上沙葱咸菜、炝些沙葱花花，来些油泼辣子，再来些青椒肉丝，那个香，只可意会，不可言传。

戈壁深处有人家

小婶婶移居到金塔，与她的姊妹们一起成为金塔乡村的一员，已有多年。她们虽说也是金塔镇红星五大队的村民，可是离当地人的村庄远些，在我眼里的戈壁滩上安家，屈指一算，八年了。

时光飞速，八年，恍如打了个盹儿，八年就从我身边溜的无影无踪。

我的内疚缘于我的小叔早早离世后，小婶婶身在异乡的几年，我作为晚辈，一次也没有去看望过她，就是有机会去的那次，只因贪恋胡杨林也未去。

我深知，金塔胡杨林魅惑了多少人，念念不忘，年复一年地去赶赴那场秋天的盛会，我亦不例外。小婶婶没有去过，她的目光在她的庄稼上，在戈壁深处的那十几亩地里。

七月的戈壁滩，满是焦灼，没有一丝风，太阳像个火球似的挂在空中，孜然已经入仓，茴香在可劲地生长，细细的茎秆和叶子，那细枝末叶的绿，一行行，一列列，齐整，像排兵布阵的士兵，接受烈日和大漠之风的检阅。

沙地里的作物，就是孜然、茴香、瓜和洋葱。

沙，绵绵细沙，总会让人心生喜欢。轻轻踩上去，发热但不烫脚，把脚趾伸进松软处，又是一番感觉。

小婶婶来金塔之前，杵在老家小山村里，进城要么靠双脚，要么就是坐人家的自行车，或许她苗条的身段就是在进城的路上走出来的。

来金塔之后，小婶婶的肤色黝黑，比她的姊妹们黑，她的防晒防风措施不及别的女性，几年下来，便携带了戈壁大漠的印记。

去年十月，初次在金塔县，在金塔镇的一个离村子较远的路口，她来接我们，尽管她的打扮与所有河西女子一样，一顶遮阳帽被围巾包着，捂了口罩，两只眼睛扑闪着，但还是掩饰不了黝黑。而让人吃惊的，则是她骑着摩托车来迎接我们。

戈壁的魔力真大，连自行车都不会骑的人，会驾驶三轮摩托车了，电动车自然不在话下。

有点纳闷，小婶婶只字不识，她是如何学会的，又是如何穿梭在家与田地之间的，我不得而知。

她的黄泥小屋简陋但舒适，她的姊妹们决计是想长居那里，想成为大漠深处的一道景致，家修得极好，十几万元的造价，平顶屋，太阳能热水器，一应俱全。在田里乏了，归家冲凉，疲惫也就荡然无存。

当花海的黑枸杞风靡之时，很多人纷纷栽植，小婶婶也没落伍，她的十亩地全部栽上了黑枸杞苗子，锄草，灌溉，一样不落，苗子长势极好，抽枝发芽，依照小婶婶的期望生长，如期开花，挂果。

十几亩与三亩，多大的悬殊。老家只有三亩地，可种的不是麦子就是洋芋；在金塔，地多，婶婶也种得多。庄户人家对土地的欢喜，犹如一个倒影，灵动地装扮着心情和日子。

这世间，这戈壁滩上，是否因为忙碌，一切才显得活泛了呢？风沙，骄阳，胡杨，沙枣树，红柳，诸多植物，一起生长，与人一起挥舞，美如西画。

夜里，风哭的声音，嘶哑，哽咽，就像哭诉的人。

起初，我还是胆怯的，住了几日，也就习惯了。

黄泥小屋与平顶房，一大一小，一高一矮，可是日子大致一样。看电视，上网，老家的婶婶们还没有一款手机时，小婶婶早就换了两三款。

我恋秋喜秋，小婶婶则不然，她不喜秋色，她喜的是那一块块的玉米田，那一株株黑枸杞，那一朵朵棉桃盛开之后的洁白，更喜欢收割机轰隆隆开进地里，一趟过去，茎秆打包成方块，就像方块糖，一块块，霎是好看。婶婶不觉得好看，她看那一粒粒金黄的玉米，卖给收玉米的贩子，满心欢喜地数票子。

方块草不会扔在地里，拖拉机欢快地进入地里，一包一包，照单全收，在一双双手的触摸间，挪移，而后又码放在小屋眼前，几只羊儿的眉眼突然变得可爱起来，咩咩叫个不停，小婶婶满面春风，嗔怨羊儿之际，手没闲着，扯几把草料，散在羊面前，絮絮叨叨个没完。

小婶婶的身影就是戈壁深处最炫目的秋色，她就是耐热耐旱耐碱耐涝耐寒的胡杨，心有向往，就有热情。

与她一样，一些移居酒泉的异乡人，过着劳作又舒心的日子。对生活的追求，宛如那些胡杨，生长喷薄，大小不一，念想埋进沙漠大地，匍匐的姿势，给人心疼之感。

我喜欢戴了墨镜戴了遮阳帽，喜欢在小婶婶的花田里穿行，那些格桑花、鼠尾草、金盏菊，摇曳着欢喜，虽与我和小婶婶各自的欢喜不一样，却也美到极致。

欣赏是心的放逐，是自我释放的美。

在欣赏落日余晖中，在欣赏早霞满天中，忽然有些感动，感动于生命的灿烂，感动于四季赋予我们的美好。当然，还有一点点的敬意，为了更好地存活，更好地打发时光，戈壁人家的奔波，如那炫目的秋一样的缤纷。

秋霜过后，大漠深处的绿意会镀上一层黄意，小婶婶渐渐闲了，一直入冬。

冬天是他们是喜欢的，休养生息，喂几只羊，而后窝在小屋里，喝茶，聊天，小聚，推杯换盏，很是惬意。不用早早起床，睡到自然醒。屋外，阳光普照的地方，金光灿灿，很美。出去转转，风凛冽地掠过脸颊，倒吸口气，立即进屋，围着火炉，吸溜吸溜地喝茶。

少有的闲散，少有的舒坦，把夏秋两季的劳累统统扔进了风沙里，不觉得累。比之老家的生活，小婶婶更爱金塔的戈壁日子。

日子，就在胡杨绚丽的金黄中，在和小婶婶一样客居的日子里，与当地人一起并肩的忙碌中有些丰富了……

日子在捡拾秋叶的间隙，有了比较，富足与安逸，戈壁深处的人家，存在得那么合理，那些风裹挟了思念和惶惶不安的日子，每一天都有各自的思想，犹如胡杨林炫目的秋色……